Klaas de Groot
Mörderische Jagd

Klaas de Groot

Mörderische Jagd

Ein Borkumkrimi

HW-Verlag

1. Auflage 2010
Druck: flyer-store, Augsburg
© by HW-Verlag, Dorsten

HW-Verlag
Wischenstück 32
46286 Dorsten
hw.wenig@t-online.de

ISBN 13: 978-3-932801-58-7

1

Dass es ein Schuss war, erfuhr er erst später. Die Kugel hatte seinen Kopf knapp verfehlt, jedoch die Kopfhaut auf einer Länge von etwa drei Zentimetern aufgerissen und ihm einen solchen Schlag versetzt, dass er ohnmächtig zu Boden sank. Dort fand ihn die im Stockwerk darüber wohnende Rentnerin, als sie wie üblich ihren Hund ausführen wollte. Sie hatte, obwohl er schon im Begriff stand, wach zu werden, den Rettungswagen gerufen, der ihn nach kurzer Untersuchung des Notarztes in das Krankenhaus einlieferte. Der junge Assistenzarzt, der die Wunde versorgte, hätte erkennen können, dass es kein Schlag mit einem Knüppel war, der ihm die Verletzung zugefügt hatte, denn die Haare an den Wundrändern waren durch die Hitze des Geschosses versengt, aber er achtete nicht auf diese für ihn ungewohnte Kleinigkeit. Er rasierte die Kopfhaut in der Umgebung der Wunde, säuberte sie und nähte sie mit fünf Stichen. Dann legte er seinen Patienten zur weiteren Abklärung in einen Verbandraum und wandte sich anderen Dingen zu.

Hier lag er nun, umweht von typischen Krankenhausgerüchen, und hörte dem nach kaltem Zigarettenrauch und Schweiß riechenden Kriminalbeamten zu, der sich mit einem gemurmelten Namen vorgestellt hatte und nun in einen kleinen Block schrieb. Vor sich hatte er einen Personalausweis liegen, den er von der Stationsschwester erhalten hatte.

„Sie heißen Dr. Michael Tegmark?" grunzte er.

„Ja", antwortete Michael, während er auf der Liege ein Stück nach oben rutschte, um sein schmerzendes Kreuz zu entlasten.

„Stimmt die Adresse hier?" Der Beamte drehte den Ausweis herum. „Am Waldessaum 9 in, äh, Mülheim?"

„Richtig". Michael drehte sich zur Seite. Das Kreuz tat immer noch weh.

„Mülheim liegt doch im, äh, Ruhrgebiet, was machen Sie hier in Frankfurt?"

Die Tür wurde aufgerissen, eine Schwester stürmte herein, öffnete einen Schrank, nahm etwas heraus und rannte wieder hinaus. Die Tür warf sie hinter sich zu.

Der Beamte drehte sich unwillig um, verzichtete aber darauf, etwas zu sagen. Er rückte sein zerknittertes Jackett zurecht, wobei sich Schweißgeruch im Zimmer breitmachte. Michael wandte sich angewidert ab.

„Warum ich in Frankfurt bin?" fragte er hinhaltend.

„Sind Sie geschäftlich hier?"

„Nein, ich suche meinen Bruder":

„Wie darf ich das verstehen?" fragte der Beamte, wobei er Michael ansah.

„Mein Bruder ist seit über einer Woche verschwunden. Er ist morgens zur Arbeit gefahren, dort aber offensichtlich nicht angekommen. Seither hat ihn niemand mehr gesehen."

Auf dem Flur fiel etwas scheppernd zu Boden. Jemand fluchte.

Der Beamte nickte Michael aufmunternd zu.

„Wir haben natürlich Anzeige erstattet."

„Wer ist „wir"?"

„Meine Schwägerin Brigitte und ich. Mein Bruder wohnt mit seiner Familie in Düsseldorf. Er ist bei einer Privatbank beschäftigt, leitet dort das Rechenzentrum. Das ist in Düsseldorf, der Hauptsitz der Bank ist aber hier in Frankfurt. Mein Bruder muss öfter hierher, daher hat er eine Wohnung in Frankfurt. Zu der wollte ich gerade, nachsehen, ob er dort ist, als ich niedergeschlagen wurde."

„Hm", grunzte der Beamte, über seinen Block gebeugt. „Wie heißt ihr Bruder?"

„Richard, Richard Tegmark, Mathematiker. Er ist drei Jahre jünger als ich."

„Die Vermisstensache bearbeitet die Polizei in Düsseldorf, nehme ich an."

„Richtig".

Der Beamte rutschte auf seinem Hocker herum und setzte sich auf.

„Können Sie sich erklären, warum Sie niedergeschlagen wurden? Haben Sie einen Verdacht?"

„Nein", antwortete Michael mit Bestimmtheit. „Ich kenne hier in Frankfurt auch niemanden".

„Sie haben auch nichts gesehen oder gehört?"

„Nein"

Der Beamte kaute auf seinem Stift.

„Was machen Sie beruflich?"

„Ich leite eine Firma, die Tegmark Research Laboratories. Der Hauptsitz ist in Düsseldorf, wir haben Zweigstellen in Spanien und in den USA."

„Was untersuchen Sie denn da?", fragte der Beamte neugierig.

„Wir machen chemische und physikalische Untersuchungen. Lebensmittelanalysen zum Beispiel, oder Festigkeitsuntersuchungen von Baustoffen. Wir erstellen Zertifikate und so weiter."

„Eine große Firma?"

„Wie man´s nimmt. Wir haben dreiundsechzig Mitarbeiter. Die meisten hoch qualifiziert, Chemiker, Physiker, Ingenieure, ich habe auch Physik studiert."

„Ist aber schon ein bisschen her", lächelte der Beamte mit Blick auf Michaels leicht ergrautes Haar.

„Na gut", stimmte Michael ihm zu, „ich bin jetzt vierundfünfzig, fühle mich aber noch recht fit."

Wieder öffnete sich die Tür.

„Wir sind hier noch nicht fertig", schnappte der Beamte gereizt, ohne sich umzudrehen.

Michael richtete sich überrascht auf seiner Liege auf, als er den groß gewachsenen Mann sah, der lächelnd eintrat. „Bernhard", rief er erfreut, „wie hast Du mich hier gefunden?"

„Brigitte hat mich angerufen, sie konnte Dich nicht erreichen, da hat sie mich um Hilfe gebeten. Von der Kripo hörte ich, dass Du hier bist."
Er hielt dem Beamten einen Ausweis hin, der diesen veranlasste, aufzustehen.
„Verzeihung, Herr Kriminaldirektor, ich wusste ja nicht…"
„Schon gut", beschwichtigte dieser. Er reichte dem Beamten die Hand. „Nilsson", stellte er sich vor. „Ich bin nicht wegen ihrer Befragung hier. Herr Tegmark und ich sind alte Studienfreunde, das ist alles."
„Wir sind auch so gut wie fertig", versicherte de Beamte diensteifrig. „Alles Weitere können wir später noch erledigen. Ich lasse Sie jetzt allein".
Eilig packte er Block und Stift in seine Jackentasche und verabschiedete sich.
Bernhard Nilsson setzte sich auf den Hocker und wandte sich interessiert seinem Freund zu.
„Nun erzähl mal, was ist passiert?"
„Richard ist verschwunden."
„Was heißt verschwunden?"
„Na, er ist weg. Morgens zur Arbeit gegangen und nicht wieder nach Hause gekomen. Seit sechs

Tagen! Wir sind natürlich zur Polizei gegangen, doch die meint, die meisten Vermissten würden schon irgendwann wieder auftauchen. Brigitte macht sich große Sorgen."
„Kann ich mir denken, wie geht es den Kindern?"
„Die wissen noch nichts, Brigitte hat ihnen gesagt, dass Richard in Frankfurt ist. Lange geht das aber nicht so weiter."
„Und Du hast hier nichts gefunden?"
„Konnte ich ja nicht, ich komme direkt aus Mülheim. Gerade als ich die Wohnung aufschließen wollte, bekam ich den Schlag auf den Kopf."
„Und Du hast nicht gesehen, wer das war?"
„Nein. Auch nichts gehört. Im Treppenhaus war niemand, als ich kam. Ich habe keine Tür gehört, absolut nichts."
„Merkwürdig." Nilsson rieb sich den Nacken, während er nachdachte. „Wir sollten uns die Wohnung mal ansehen".
„Wir? Willst Du mit?"
Nilsson stand auf. „Allein lasse ich Dich da nicht noch mal hin. Ich werde jetzt hier rumhören, wie lange sie Dich noch brauchen, dann fahren wir beide zu Richards Wohnung."

Bogdan Romanov blickte missmutig auf das Display seines Mobiltelefons. Zögernd drückte er auf das grüne Symbol des Hörers. „Du sollst doch nicht anrufen. Es verstößt gegen die Verabredung", knurrte er.
„Du hast es versaut", hörte er eine wutverzerrte Stimme.
Romanov zögerte mit der Antwort. Misstrauisch sah er sich in dem kleinen Café um, in dem er saß. Niemand war in der Nähe, der zuhören konnte.
„Was meinst Du?"
„Du hast den Falschen erwischt, Herrgott noch mal!"
Romanov setzte die Kaffeetasse, die er gerade zum Mund führen wollte, wieder ab. „Den Falschen?"
„Ja, verdammt noch mal, Du hast den Bruder erwischt."
„Das kann nicht sein. Ich habe doch das Bild, er sah aus wie auf dem Bild. Er war es."
„Eben nicht, Du Idiot. Es war der Bruder, er sieht ihm ähnlich."

„Ich weiß nichts von einem Bruder, warum hast Du das nicht gesagt? Ich habe das Bild, und er sah aus wie auf dem Bild."

Die Stimme wurde ruhiger. „Hätte ich Dir vielleicht sagen sollen. Jetzt ist es zu spät."

„Jetzt ist er tot", bemerkte Romanov sarkastisch.

Die Stimme lachte gequält. „Zum Glück nicht, Du hast danebengeschossen."

„Ich habe….Kann nicht sein."

„Ist aber so. Er ist verletzt und liegt im Krankenhaus."

„Und was nun?"

„Was nun, was nun", äffte die Stimme ihn nach. „Du wartest auf Anweisungen. Am üblichen Ort."

„Ok", murmelte Romanov verwirrt und legte auf. Nicht getroffen? Das kann doch nicht sein, dachte er. Ich treffe immer! Nun gut, das Ziel bewegte sich, aber bisher habe ich immer getroffen. Ich werde alt, seufzte er und rief nach dem Kellner. „Zahlen!"

2

In Frankfurt regnete es. Für Mitte Februar war es ungewöhnlich warm. Das ruhig brummende Geräusch des Motors und die auf dem nassen Asphalt singenden Reifen schläferten Michael fast ein. Nilsson, der am Steuer saß, konzentrierte sich auf den Verkehr, der schon jetzt am frühen Nachmittag sehr dicht war.

Michael riss sich zusammen und rief seine Schwägerin an. Als sie hörte, was ihm passiert war, war sie voller Sorge.

„Hier hat sich noch niemand gemeldet", berichtete sie. „Pass auf dich auf, Michael, kannst Du denn noch fahren, oder bleibst Du heute Nacht in Frankfurt?"

„Du kannst bei uns bleiben", mischte sich Nilsson ein.

Michael schüttelte den Kopf. „Ich komme auf jeden Fall heute Abend zu Dir", sagte er ins Telefon. „Wenn es geht, fahre ich noch bei der Bank vorbei, ich will mit Hess sprechen. Machs gut, Brigitte, wir sind gleich da."

„Hess ist der Bereichsvorstand Technik, Richards Vorgesetzter", sagte er zu Nilsson, als er dessen fragenden Blick sah.
Sie fanden einen Parkplatz nahe am Haus, das in einer ruhigen, wohlhabenden Gegend stand.
Michael stieg aus und sah an dem aufwändig renovierten Gebäude aus der Jugendstilzeit empor. Alle Fenster an der hellen, freundlichen Fassade schienen geschlossen zu sein, kein Wunder bei dem Nieselregen. Ihm war ein wenig unheimlich zumute, und er war froh, seinen Freund dabei zu haben.
Auch Nilsson blickte sich misstrauisch um, sagte aber nichts. Schwungvoll öffnete er die mit buntem Glas verzierte massive Eingangstür und betrat einen freundlichen Gang, der zu den Treppen führte. Die Briefkästen waren geschmackvoll und unauffällig in die Wand eingelassen, ein hübscher Kandelaber spendete helles Licht. Die Treppe war aus Holz, der Handlauf offensichtlich Handarbeit. Alles machte einen gediegenen und teuren Eindruck.
„Die Wohnung ist im ersten Stock, wenn ich mich recht erinnere", bemerkte Nilsson.
Michael nickte, obwohl Nilsson ihn gar nicht ansah. Er schluckte nervös. Hier also musste sich

jemand hinauf geschlichen haben, um ihn mit irgendeinem Gegenstand auf den Kopf zu schlagen. Zögernd folgte er Nilsson, der seinem Freund vorausging.

Vor der Wohnungstür angekommen, sah sich Nilsson forschend um. Er sah einen geräumigen Treppenabsatz mit Eingangstüren rechts und links. Ein Fenster spendete Licht. Die helle Beleuchtung ließ nirgendwo eine dunkle Ecke erkennen.

„Hattest Du schon aufgeschlossen? fragte er über die Schulter, wandte sich aber sogleich der Eingangstür der linken Wohnung zu. Nirgends war eine Beschädigung zu erkennen. Prüfend fuhr er mit der Hand über die Türfüllung. In Kopfhöhe entdeckte er eine Vertiefung, ein kleines Loch, in das er mit dem Finger nicht hinein kam.

„Hast Du ein Taschenmesser dabei?" fragte er Michael.

„Nein", antwortete dieser. „Wir können ja drinnen mal nachsehen."

Er schloss die Tür auf und ging zögernd hinein. Es roch staubig und ungelüftet, und er erwartete nicht, dass sein Bruder in der Wohnung war. Dennoch rief er laut: „Hallo! Richard, bist Du da?"

Als er keine Antwort bekam, ging er weiter und öffnete eine Tür. Ein ordentlich aufgeräumtes Wohnzimmer war dahinter. Michael ging schnell zum Fenster und zog die Gardinen zurück. Ein kleiner Park, der sich hinter dem Haus hinzog, kam zum Vorschein. Regentropfen benetzten das Fenster. Er hörte Nilsson, der von Raum zu Raum ging, alle Türen öffnete und in jedes Zimmer prüfend hineinsah.

„Hier ist er jedenfalls nicht", bemerkte Nilsson. Er ging in die Küche, die peinlich sauber war, öffnete einige Schubladen, bis er eine mit Besteck fand, und nahm ein kleines Küchenmesser heraus. Damit ging er zur Eingangstür und betrachtete prüfend das Loch im Rahmen. Vorsichtig begann er, das Holz um das Loch herum weg zu schneiden. Nach kurzer Zeit sah er einen dunklen Gegenstand, der im Rahmen steckte.

„Dachte ich mir's doch", murmelte er.

Michael, der hinter ihn getreten war, wusste sofort, um was es sich handelte.

„Sag mal, wie hast Du gestanden, als Dich der Schlag traf", fragte Nilsson.

Michael trat vor die Tür, nahm die Schlüssel in die Hand und tat so, als stecke er den ihn ins Schloss. „So etwa", erklärte er. „Ich habe mich etwas zum Schloss hin gebückt, als es passierte."
Nilsson schlug ihm auf die Schulter. „Das hat Dir das Leben gerettet, alter Junge. Jetzt lass uns mal sehen, ob da drin das ist, was ich denke."
Er schälte das Holz um das kleine Loch noch großflächiger weg und drückte mit dem Messer vorsichtig auf den dunklen Gegenstand. Eine nur leicht verformte Kugel fiel in seine darunter gehaltene Hand. „Neun Millimeter", sagte er mit belegter Stimme.
Michael sah sich betroffen und verwirrt um. „Ich habe keinen Schuss gehört", flüsterte er.
„Ob da ein Schalldämpfer im Spiel war, lässt sich ja feststellen", sagte Nilsson. Unschlüssig bewegte er die Kugel in seiner Hand. „Was machen wir jetzt damit?"
Michael sah ihn fragend an.
„Wenn ich die jetzt in die KTU gebe, dann dauert das. Komm mal wieder rein, wir müssen das ja nicht hier im Treppenhaus diskutieren."

Sie gingen beide ins Wohnzimmer, wo Nilsson sich vor das Fenster stellte und hinaussah.

„Angenommen, Du hättest die Kugel erst morgen oder übermorgen gefunden, was macht das für einen Unterschied?" sinnierte er.

„Warum das denn?" entgegnete Michael, doch dann verstand er plötzlich. „Du meinst, wir sollten die Kugel in meinem Labor zuerst untersuchen? Also… ja, na klar, der Polizei kann ich sie immer noch übergeben."

„Ich habe nichts gehört", entgegnete Nilsson, wobei er die Kugel auf den Tisch legte. „Die Kugel liegt hier, Du hast sie gefunden. Was Du damit machst, kann ich nicht wissen."

„Natürlich nicht", grinste Michael. Er packte die Kugel vorsichtig in ein Papiertaschentuch und steckte sie in seine Jackentasche. „Lass uns noch einmal durch die Wohnung gehen, ob wir irgendetwas finden, dann fahren wir zu Hess."

Während Nilsson in der Küche mit seiner Suche begann, ging Michael in das an das Wohnzimmer angrenzende Arbeitszimmer. Auch hier war alles aufgeräumt. Auf dem Schreibtisch lag nur ein unbeschriebener Block, neben ihm ein Stift. Er drückte die Wahlwiederholungstaste am Telefon. Brigittes Nummer. Zögernd öffnete er die Schubladen des Schreibtisches. Er fand das übliche Büromaterial, Scheckhefte, Notizen, Briefmarken. Nichts, was irgendwie ungewöhnlich gewesen wäre. Unter dem Schreibtisch, vor den Rollen des Stuhls, lag ein kleiner Zettel. Als er ihn aufhob, sah er, dass es ein Stück eines zerrissenen Computerausdrucks war. Es war eine reine Auflistung von Zahlen, der einzige Text, der noch erkennbar war, war ein durchgerissenes Wort: „…undung". Wo war der Rest? Er sah im Papierkorb nach, doch der war leer. Es hatte sicher nichts zu bedeuten, aber einer Eingebung folgend, steckte er den Ausriss in seine Jackentasche.

Er sah über die Regale, an denen nichts Auffälliges zu erkennen war und ging dann weiter ins Schlafzimmer. Auch hier war alles sauber. Er muss eine gute Putzfrau haben, dachte er zerstreut. Er hob die Decken des Doppelbettes hoch, doch außer einem gefalteten Schlafanzug war nichts zu sehen. Auf dem Nachttisch lag nichts außer einem Buch mit Lesezeichen. Zögernd ging er in den Flur, wo er auf Nilsson traf.

„Küche, Bad, Toilette, Abstellraum, alles sauber, nichts zu finden", berichtete dieser.
„Ich habe auch nichts gefunden, unwahrscheinlich, dass er in den letzten Tagen hier war", entgegnete Michael. „Lass uns zu Hess fahren."

3

Der Bereichsvorstand Dr. Norbert Hess, ein kleiner Mann mit Halbglatze, saß in einem Ledersessel seines großen, mit modernen Stahlmöbeln eingerichteten Büros und nippte an einem Glas mit Mineralwasser.

„Keine Ahnung, wo der abgeblieben sein könnte. Mit uns, das heißt mit der Bank, hat das jedenfalls nichts zu tun. Er ist nicht auf Dienstreise, soweit mir das bekannt ist."

Michael Tegmark setzte die Kaffeetasse ab. „Ich bin auch nur deshalb vorbeigekommen, weil ich gerade in Frankfurt bin", sagte er. „Wir hätten das auch telefonisch besprechen können. Es hätte ja sein können, dass es einen dienstlichen Grund für sein Verschwinden gibt. Seine Frau macht sich jedenfalls große Sorgen."

„Das kann ich mir denken", antwortete Hess, der seinen Arm lässig auf die Sessellehne legte und die Beine übereinander schlug.

In großer Sorge ist er jedenfalls nicht, dachte Michael. „Wann haben Sie denn das letzte Mal mit ihm gesprochen?", fragte er.

Hess seufzte. „Tja, das kann ich im Moment gar nicht so genau beantworten. Ich glaube, so vor ein, zwei Tagen. Nein, warten Sie, jetzt fällt es mir wieder ein, es war Ende letzter Woche, also am Freitag. Wir sprachen über die Fortschritte eines neuen Buchungsprogramms. Reine Routine."
„Klang er irgendwie anders als sonst? War er aufgeregt, hat er irgendetwas Außergewöhnliches gesagt?"
Hess trank noch einen Schluck Wasser. „Nein, absolut nicht. Es war alles so wie immer."
„Na, dann wollen wir Sie nicht länger stören." Michael stand auf. Nilsson folgte ihm, wandte sich aber noch einmal an Hess.
„Wissen Sie, von wo er Sie letzte Woche angerufen hat?"
„Hess sah ihn verdutzt an. „Na, von Düsseldorf doch wohl. Woher sonst?"
„Aber Sie wissen das nicht mit Bestimmtheit", hakte Nilsson nach.
„Äh, nein, ich habe ihn nicht danach gefragt. Natürlich nicht."
„Ja danke, das wäre es schon", sagte Nilsson und reichte ihm die Hand.

„Was wollen Sie denn nun unternehmen?" fragte Hess in oberflächlichem Ton, während er zur Tür ging.
Michael blieb stehen. „In seiner Frankfurter Wohnung waren wir schon, da war er die letzten Tage offensichtlich nicht. Ich werde mich die nächste Zeit um seine Frau kümmern müssen."
Er ging einen Schritt weiter zur Tür, blieb dann aber abrupt stehen, als ihm etwas einfiel.
„Seine Ferienwohnung", murmelte er.
„Bitte?", fragte Hess aufmerksam.
„Er hat doch eine Wohnung auf Borkum. Vielleicht ist er da. Es wäre immerhin eine Möglichkeit. Man sollte dort einmal nachsehen lassen." Er rieb sich nachdenklich die Stirn. „Oder ich fahre selbst dort hin."
Er schüttelte Hess energisch die Hand und schlug Nilsson auf die Schulter. „Komm, gehen wir."
„Ich wünsche Ihnen viel Erfolg bei der Suche. Halten Sie mich auf dem Laufenden", sagte Hess und geleitete die beiden Männer ins Vorzimmer.
Im Fahrstuhl fragte Nilsson: „Was hast Du nun vor? Wenn es etwas hier in Frankfurt ist, helfe ich

Dir natürlich. Du kannst auch bei uns übernachten, Beate würde sich freuen, das weißt Du."
„Vielen Dank, Bernhard. Aber ich fahre nach Hause, ich brauche meine eigenen vier Wände. Ich muss mich auch noch um Brigitte und die Kinder kümmern. Und ganz nebenbei habe ich ja auch einen Beruf. Nein, nein, ich fahre jetzt zurück."
„Nun, wie Du willst. Was war das übrigens mit der Ferienwohnung?"
„Er hat eine Wohnung auf Borkum, genauer ein kleines Haus. So ein modernisiertes Insulanerhaus, ich war schon ein paar Mal dort. Es ist nicht unmöglich, dass er auf der Insel ist.
„Kannst Du Dir irgendeinen Grund vorstellen, warum Richard sich dorthin abgesetzt haben soll?"
„Ich kann mir absolut nicht vorstellen, warum er überhaupt verschwunden sein könnte. Nun gut, mit seiner Ehe stand es die letzte Zeit vielleicht nicht zum Besten, aber einfach abhauen? Nein, dazu liebt er seine Kinder viel zu sehr. Ich glaube nicht, dass es private Gründe hat."
„Vielleicht ist er gar nicht freiwillig verschwunden. Gab es in letzter Zeit irgendetwas Ungewöhn-

liches? Ärger in der Bank, irgendwelchen Streit?",
fragte Nilsson.
„Nicht dass ich wüsste. Ich hab ihn Anfang letzter Woche bei ihm zu Hause gesehen. Er war wie immer. Er war gut drauf, wie man so sagt. Es war ein schöner Abend mit ihm, Brigitte und den Kindern."
„Warum sollte er dann nach Borkum geflüchtet sein?"
„Ich weiß es nicht, Bernhard, ich weiß es nicht. Aber ich werde hinfahren und nachsehen."

4

Brigitte rollte sich auf dem Sofa in ihrem Wohnzimmer schluchzend zusammen, wobei sie sich schutzsuchend an Michael kuschelte. Auf dem Couchtisch standen eine Platte mit Häppchen, halb aufgegessen, sowie zwei Weingläser mit Rotwein. Ihres hatte sie schon zwei Mal nachgefüllt, Michaels Glas war noch unberührt.

Er war vor einer Stunde gekommen und hatte eine völlig aufgelöste Brigitte vorgefunden. Sie hatte tagsüber schon mehrmals bei der Kriminalpolizei angerufen, dort konnte man ihr aber nichts Neues berichten. Richard war immer noch nicht gefunden worden.

„Vielleicht lebt er gar nicht mehr", schniefte Brigitte.

Michael, müde und abgespannt von der dreistündigen Fahrt im Regen, unterdrückte ein Gähnen.

„Das kann ich mir nicht vorstellen", tröstete er sie. Er streichelte sie vorsichtig. Sie war eine attraktive Frau, gerade über vierzig, schlank, blond und mit erotischer Ausstrahlung. Michael mochte sie, vielleicht ein bisschen zu viel. Daher vermied er normalerweise den körperlichen Kontakt mit seiner Schwägerin.

Lydia fiel ihm ein, seine Freundin seit nunmehr sechs Jahren. Michael war nie verheiratet gewesen, und seine Beziehung zum anderen Geschlecht war immer etwas problematisch. Ganz im Gegensatz zu Richard, der mit Frauen gut umgehen konnte. Lydia, Einkäuferin eines großen Modehauses, war gerade wieder in Mailand. Sie war immer gerade irgendwo anders, nur nicht zu Hause in ihrer Wohnung. Besonders eng war ihre Beziehung nicht, doch sie hatten auch noch nicht die Kraft gefunden, sie zu beenden.

Brigittes Parfum stieg in seine Nase. Warm spürte er ihren Körper. Eng an ihn gelehnt, den Kopf auf seiner Brust, beruhigte sie sich langsam.

„Ich brauche die Schlüssel für das Ferienhaus", sagte er, um sich abzulenken.

Brigitte sah an ihm hoch. „Willst Du nach Borkum?"

„Es kann ja sein, dass er dort ist."

„Ich habe ein paar Mal angerufen, es hat niemand abgenommen. Ich könnte Frau Burmeester bitten, einmal nachzusehen", entgegnete sie. Frau Burme-

ester war die Nachbarin, die nach dem Haus sah, wenn niemand von der Familie Tegmark da war.
Michael seufzte. Das würde wahrscheinlich reichen. Doch er wusste, er hätte keine Ruhe, wenn er es nicht selbst überprüfte.
„Ich fahre übermorgen", entschied er sich. „Es ist besser so. Wir dürfen nichts auslassen. Wenn er nicht da ist, finde ich vielleicht irgendeinen Hinweis.
Brigitte räkelte sich. „Lass mich nicht zu lange allein. Ich habe Angst."
Michael tätschelte ihr die Schulter. „Es bleibt dabei, ich fahre. Du kannst mich jederzeit anrufen, wenn es Dir nicht gut geht.

Bogdan Romanov sah sich vorsichtig um. Er ging zu einem der Bäckerstände und bestellte sich eine Tasse Kaffee. Die Bahnhofshalle war belebt, Menschen hasteten vorbei, sahen auf die große Tafel, die die Abfahrt der Züge zeigte, oder schlenderten durch die Geschäfte. Er konnte nichts Ungewöhnliches feststellen.

Schließlich trank er die Tasse leer, stellte sie auf den Glastresen und ging festen Schrittes in den Gang mit den Schließfächern. Bloß keine Unsicherheit zeigen, dachte er.

Er schloss eines der Schließfächer auf, nahm einen braunen Umschlag heraus, steckte ihn schnell in seine Jackentasche und verließ den Bahnhof auf Direktem Wege.

Die nächsten zehn Minuten lief er scheinbar ziellos in der Düsseldorfer Innenstadt herum, wobei er immer wieder darauf achtete, ob ihm jemand folgte. Schließlich betrat er ein kleines Café, setzte sich an einen kleinen Tisch im hinteren Teil, an dem er sich ungestört fühlte. Dann holte er den Umschlag aus seiner Tasche und öffnete ihn, nicht ohne noch einmal die Umgebung zu prüfen.

Eine Reservierung fiel ihm in die Hände sowie ein Zettel mit einer Adresse, ein Bild und ein Computerausdruck.

Der Mann auf dem Bild ist Michael Tegmark, Bruder von Richard Tegmark, las er. *Du fährst Morgen Mittag 14:00 Uhr mit der Autofähre von Emden nach Borkum, Kfz-Reservierung anbei. Richard Tegmark ist wahrscheinlich dort, er hat ein Haus auf Borkum, Adresse anbei. Für dich ist unter dem Namen Ralf Walter in der Pension „Melkstee" Adresse: Grote Stee 65, ein Zimmer reserviert. Führ Deinen Auftrag zu Ende. Vollzug per SMS melden. Anruf nur im Notfall.*

Romanov nahm das Bild in die Hand. Die Ähnlichkeit war wirklich verblüffend. Kein Wunder, dass ich mich getäuscht habe, dachte er. Ein kleiner Zettel fiel herunter. Er bückte sich, nahm ihn auf und las: Knaakenpad 12. Er drehte ihn um. Es stand nichts weiter darauf.

Er sah sich das Bild und die Adresse lange an. Die Nachricht las er mehrmals Durch. Dann stand er auf, ging zur Toilette, zerriss alles in kleine Schnipsel und spülte sie herunter.

Er zahlte am Tresen und verließ das Café.

5

„Ich lasse Sie nicht allein fahren", regte sich Robby auf. Er hatte die Hände auf den Schreibtisch gestützt und sah seinen Chef Michael Tegmark herausfordernd an.

Michael war einen Moment verwirrt. Eine harte Antwort lag ihm auf der Zunge, doch er beherrschte sich. Gerade hatte er eine Dienstbesprechung beendet, auf der er seine Mitarbeiter über das Verschwinden seines Bruders und seine Erlebnisse in Frankfurt informiert hatte. Nun saß er allein mit Robby in seinem Büro.

Robby, ein großgewachsener, durchtrainierter Mann mit vollem, dunklem Haar, hieß eigentlich Robertus Jungnickel, doch alle nannten ihn nur Robby, gelegentlich tat das sogar Michael, der in dieser Beziehung sonst sehr förmlich war. Robby hatte eine schwere Kindheit bei seiner allein erziehenden Mutter gehabt, die sich mit schlecht bezahlten Jobs nur mühsam über Wasser halten konnte. Schon früh war er auf die schiefe Bahn geraten. Es begann mit kleineren Diebstählen und setzte sich fort mit Einbrüchen, Hehlerei und Zuhälterei. Den Gipfel seiner Karriere erklomm er, als er die rechte Hand einer bekannten Rotlichtgröße wurde. Robby hatte eine athletische Figur, die er zu pflegen wusste. Er war geübt in Kampfsportarten und als Schläger gefürchtet. Da blieb es nicht aus, dass er mit dem Gesetz in Konflikt kam. Zu Anfang bekam er Bewährungsstrafen, doch dann musste er eine Gefängnisstrafe absitzen. Da es häufig um Bandenkriminalität ging, war das Landeskriminalamt für ihn „zuständig", und dort hatte er es wiederholt mit einem Kriminalrat namens Bernhard Nilsson zu tun. Nilsson erkannte sehr schnell, dass sein Gegenüber bei den Verhören im Grunde ein armer Kerl war, der bisher nur keine Chance gehabt hatte, aus dem kriminellen Milieu herauszukommen. Er vermittelte ihm eine Stelle auf einem Schrottplatz, doch dort schien er vom Regen in die Traufe gekommen zu sein, denn kurze Zeit später hatte er ein Verfahren wegen Hehlerei am Hals. Schließlich wandte sich Nilsson an seinen Freund Michael Tegmark, der sich allerdings wenig begeistert zeigte, einen Gewohnheitskriminellen einzustellen. Schließlich gab er nach, und er sollte es nicht bereuen. Er stellte Robby als

Pförtner ein, doch schon bald wurde er das „Mädchen für Alles" des Labors. Er leistete Fahrdienste, war als Bürobote zu gebrauchen, kümmerte sich um die Fahrzeuge, und wurde so etwas wie der Werksschutz des Betriebes.

Robby bedankte sich für die ihm gewährte Chance mit absoluter Treue. Er bewachte die Mitarbeiter des Labors wie ein Schäferhund seine Herde. Kam jemand in Schwierigkeiten, bekam der Verursacher es mit Robby zu tun. Als Michaels Sekretärin einem Heiratsschwindler auf den Leim gegangen war, dem sie einige tausend Euro lieh, die dieser zwar nahm, kurz darauf aber verschwand, brachte Robby die Sache wieder in Ordnung. Der Heiratsschwindler zahlte freiwillig, nachdem er nach dem Verlassen einer Kneipe eine Begegnung mit Robby gehabt hatte.

Nun also stand er mit sorgenvoller Miene vor Michaels Schreibtisch und wartete auf die Antwort seines Chefs.

„Was soll mir denn auf der Insel schon passieren", sagte Michael lahm.

Robby schüttelte den Kopf. „Wir wissen nicht, warum Ihr Bruder verschwunden ist. Man hat auf

Sie geschossen. Wir können nicht ausschließen, dass Ihr Bruder in irgendeiner kriminellen Sache drinhängt", zählte er auf. „Da ist schon zu befürchten, dass es gefährlich wird." Er beugte sich zu Michael hinüber. „Und, glauben Sie mir, Chef, ich kann mit solchen Leuten besser umgehen als Sie."
Michael musste lachen. „Das glaube ich allerdings auch."
Er stand auf und schlug Robby auf die Schulter. Also, wir machen das so: Ich fahre erst einmal hin und sehe nach, ob er überhaupt da ist oder war. Wenn es brenzlig wird, rufe ich sofort an und Du kommst hoch."
Robby war nicht überzeugt, doch er nickte ergeben.
„Tank den BMW auf, ich fahre morgen", sagte Michael entschlossen.
„In Ordnung, Chef", antwortete Robby ergeben.

6

Zögernd folgte Michael dem heftig gestikulierenden Einweiser und lenkte seinen Wagen in die schmale Nische auf dem Parkdeck der Borkumfähre „Ostfriesland". Er kam der Stahlwand gefährlich nahe, doch es ging alles gut. Was für ein Aufwand, dachte er. Wenn Richard nun bloß ein paar Tage Auszeit genommen hat? Ist ihm klar, welche Aufregung und hektische Aktivität er damit ausgelöst hat? Nein, das würde Richard niemals tun. Sein Verschwinden kann nur mit Gewalt erfolgt sein.

Michael warf die Autotür zu und ging über das Deck zur Treppe, die zu dem Passagierdeck führte. Er ist in Gefahr, anders kann es nicht sein. An die Möglichkeit, dass er vielleicht schon nicht mehr lebte, wollte er gar nicht erst denken. Ich muss so schnell wie möglich herausbekommen, wo er ist. Wenigstens einen Hinweis auf den Grund seines Verschwindens muss ich finden. Michael seufzte.

Er ging durch die Reihen mit Tischen und Stühlen in Richtung Bug, am Restaurations-Tresen vorbei, setzte sich auf die Bank eines am Fenster stehenden Tisches und sah sich um. Nicht viele Passagie-

re hatte die Fähre. Für einen Tag mitten in der Woche im Februar wahrscheinlich nicht ungewöhnlich, dachte er. Es war keine Ferienzeit, und die Saison war noch in großer Ferne. Er stand auf, ging zum Tresen, ließ sich einen Cappuccino geben und bestellte ein Seelachsfilet mit Kartoffelsalat. Der Kassierer gab ihm einen Bon. „Die Nummer 86", erklärte er, „sie werden aufgerufen."
Michael kehrte zu seinem Tisch zurück und trank langsam seinen Capuccino. Gelangweilt betrachtete er seine Umgebung. Am Tisch neben ihm hatte ein geschäftig wirkender Mann seinen Laptop ausgepackt und starrte nun auf den Bildschirm. Weiter hinten saß ein älteres Ehepaar. Zu der jungen Frau mit zwei Kindern, die zwei Tische weiter saß, hatte sich ein südländisch aussehender Mann gesellt. Er schäkerte mit den Kindern. Wohl der Ehemann, dachte Michael uninteressiert. Niemand interessierte sich für ihn.
„Die 85 und die 86", tönte es aus dem Lautsprecher. Sein Essen war fertig. Er holte es vom Tresen, kehrte zu seinem Tisch zurück und begann zu essen. Schnellimbissqualität zu Restaurantpreisen dachte er missmutig. Er aß die Hälfte und schob es

dann weg. Der Mann am nächsten Tisch hämmerte hektisch auf die Tastatur seines Laptops. Die Kinder quengelten. Der Mann des Ehepaares hatte sich auf die Bank gelegt und schlief, seine Frau las. Michael machte es ihm nach, rollte seinen Mantel zusammen, legte sich auf die Bank und streckte die Beine aus. Nach wenigen Minuten war er eingeschlafen.

Bogdan Romanov war wütend. Er stand mit seinem Leihwagen in der Autoschlange am Borkumkai in Emden und wartete auf die Fähre. Was soll ich hier, dachte er, wenn der Kerl nicht in Frankfurt war, wo dann? Der verkriecht sich doch nicht auf einer Insel, da wäre er ja schön blöd. Er sah sich um. Die Schlange war kurz, nicht viele Leute fuhren zu dieser Jahreszeit nach Borkum. Bloß ich Idiot muss da hin, erregte er sich wieder. Gewohnheitsmäßig beobachtete er die Autos. Zwei LKW, ein Transporter einer Sanitärfirma, einige Kleinwagen mit Nummernschildern aus Leer und Aurich, ein großer Dunkelblauer BMW mit Düsseldorfer Kennzeichen, ein Motorrad.

Der Fahrer des BMW stieg gerade aus. Moment, ist das nicht...? Romanov war sofort hellwach. Natürlich, kein Zweifel, das war der Bruder! Er rutschte in seinen Sitz, denn der Mann ging nicht weit von seinem Auto entfernt zum Abfertigungsgebäude. Romanov wartete. Zehn Minuten später kam der Mann zurück und setzte sich in sein Auto. Kurz darauf begann die Verladung. Romanov fuhr vor dem BMW auf das Schiff, ihm wurde ein Platz ganz vorne zugewiesen. Im Rückspiegel sah er, dass der BMW in eine Nische dirigiert wurde. Er blieb sitzen, bis der Bruder ausgestiegen war, dann verließ er sein Auto und folgte ihm in einigem Abstand. Er sah, wie er einen Tisch im vorderen Abteil wählte, sich setzte, dann aber zum Restaurations-Tresen ging. Als der Bruder sich zur Kasse wandte, ging Romanov hinter ihm vorbei und betrat das Abteil. Er sah einen jungen Mann, der gerade eine Tasche aufmachte, eine Frau etwa Mitte dreißig mit zwei kleineren Kindern, sowie ein älteres Ehepaar an einem der hinteren Tische. Fieberhaft überlegte er. Dann ging er wie zufällig an der Frau mit den Kindern vorbei. „Ihr seid ja zwei Süße", sagte er zu den Kindern. Die Frau hob über-

rascht den Kopf. Romanov wandte sich der älteren der beiden Mädchen zu. „Wie alt bist Du denn?" fragte er sie.
„Ich gehe schon in die Schule", antwortete das Mädchen stolz.
„Kannst Du auch schon schreiben?" fragte Romanov
„'türlich", antwortete sie, „willst Du mal sehen?"
Romanov blickte zu der Frau und deutete auf einen Stuhl „Ist der Platz noch frei?"
Die Frau zögerte. Sie sah den groß gewachsenen Mann prüfend an. Er sah gut aus mit seinen wilden kurzen Haaren, seinem Dunklen Teint und seinem sinnlichen Mund.
Sie deutete auf den Stuhl. „Bitte", krächzte sie und räusperte sich.
Romanov setzte sich und wandte sich der anderen Tochter zu, der Kleineren von den Beiden.
„Und Du, kannst Du auch schon schreiben?"
„Ich kann schon rechnen", krähte sie. „Eins und Eins ist zwei". Ihre Augen triumphierten.
In dem Moment kam der Bruder wieder herein, ein Tablett in der Hand. Romanov beobachtete ihn aus

den Augenwinkeln. Er sah, wie der Mann herüberblickte und wandte sich wieder den Kindern zu.
„Könnt ihr auch malen", fragte er sie.
„Was soll ich denn malen?" fragte die Kleinere, während die Mutter schon Buntstifte und Papier aus ihrer Tasche holte.
„Was Du am liebsten magst", schlug Romanov vor.
„Dann male ich den Papa."
„Mein Mann konnte nicht mitkommen, er hat zu viel zu tun", erklärte die Frau.
Romanov sah, wie der Bruder zum Tresen ging und mit einem Teller wieder zurückkam.
Aus den Augenwinkeln beobachtete er, wie er aß, den Teller zur Seite schob, und sich nach einem Blick in die Runde auf die Bank legte.

In Borkum angekommen, musste Romanov zuerst vom Autodeck herunterfahren, da sein Wagen weiter vorn stand. Das ärgerte ihn, denn nun musste er irgendwo anhalten, um den Bruder vorbeizulassen. Er kannte sich auf der Insel nicht aus, also hielt er schließlich an einer Bushaltestelle an und wartete, bis der blaue BMW vorbeifuhr. Er ließ noch zwei weitere Autos durch, dann folgte er. Der BMW bog nach einigen Kilometern ab. „Reedestraße", las Romanov, als er ebenfalls abbog. Die Straße wand sich zwischen hübschen, niedrigen Häusern durch und näherte sich einem viereckigen, alten Turm. Kurz vorher bog der BMW erneut ab. Knaakenpad, las Romanov, als er die Einmündung erreichte. Er sah, wie der BMW etwa hundert Meter weiter eine kleine Auffahrt vor einem geduckt aussehenden Haus hinauffuhr und hielt. Der Fahrer stieg aus, kramte in seiner Hosentasche nach einem Schlüssel, ging zur Eingangstür und verschwand im Haus. Romanov blieb noch einige Minuten stehen, bevor er sich auf die Suche nach seinem Quartier machte.

7

Sonja Nilsson blätterte durch den Bericht des Labors, der die Untersuchungsergebnisse der Kugel enthielt, die Michael Tegmark verfehlt hatte. Sie hatte ihn gerade gelesen und überlegte, was sie jetzt tun sollte.

Sonja, die Tochter des Kriminaldirektors Bernhard Nilsson, war seit etwas über einem Jahr bei Michael Tegmark beschäftigt. Nach ihrem Informatik-Studium war sie zwei Jahre als Praktikantin beim Landeskriminalamt in Düsseldorf gewesen, wo sie als Computerspezialistin in der Kriminaltechnischen Untersuchung gearbeitet hatte. Sie hatte gehofft, dort eine feste Anstellung zu bekommen, doch es war zu der Zeit keine Planstelle frei. Also hatte sich ihr Vater an seinen Studienfreund gewandt, und der hatte sie sofort eingestellt. Seitdem betreute sie im Labor alles, was mit Computern zu tun hatte.

An die Zeit beim LKA dachte sie mit Wehmut zurück. Die Arbeit hatte ihr Spaß gemacht und die Kollegen waren nett. Zu nett manchmal, denn sie blickte auf zwei mehr oder weniger heftige Affären zurück, die aber zum Glück in Freundschaft beendet wurden. Die nur zwei Wochen dauernde Liebschaft mit Dieter hatte sie gut verkraftet, die längere Beziehung mit Walter Dernekamp jedoch hing ihr noch in den Knochen. Immer wieder dachte sie an ihn, doch es war sicher besser, dass er die Beziehung beendet hatte und zu seiner Frau zurückgekehrt war. Sie hätte sich mit anderen Männern trösten können, als zweiunddreißigjährige, gut aussehende, sportliche Blondine hatte sie bei Männern alle Chancen, doch sie wollte sich, abgesehen von einer einzigen Nacht mit einem jungen Chemiker des Labors, nicht auf eine neue Beziehung einlassen.

Entschlossen setzte sie sich an ihren Computer und wählte sich in das interne Netz des Bundeskriminalamts ein. Zum Glück hatte sie noch ihre Code-Karte, die man bei ihrem Ausscheiden aus dem LKA nicht zurückgefordert hatte. Als Praktikantin hatte sie keine eigene Karte gehabt, doch Walter hatte ihr eine Zweitkarte verschafft, die er bisher nicht zurückforderte. Wahrscheinlich hatte er es vergessen.

Sonja gab das Passwort ein und bestätigte es mit einem besonderen Sicherheitscode. Das System akzeptierte, und eine Suchmaske erschein. Zum Glück hatte ihr Kollege die Riefen und Scharten, die das Polarisationsmikroskop auf der Kugel sichtbar machte, bereits codiert, so dass Sonja im Untermenü „bullet search" nur noch die lange Zahlen- und Buchstabenreihe des Codes eingeben musste. Augenblicklich erschienen sechzehn Seiten Text und zwei Bilder.

Ist ja interessant, dachte Sonja und druckte die gesamte Datei aus. Dann loggte sie sich wieder aus und machte sich an das Studium des Ergebnisses ihrer Suche.

Zwanzig Minuten später rief sie ihren Kollegen Gerd Patzoleit an, der die mikroskopische Untersuchung der Kugel Durchgeführt hatte.

„Möchtest Du wissen, was mit der Kugel los ist?" fragte sie, als er abnahm.

„Immer", antwortete dieser.

„Also, Kugeln mit dem gleichen Code wurden mit mehreren Mordfällen in Verbindung gebracht. In keinem Fall konnte man einen Täter eindeutig zuordnen. Drei Namen werden in dem Bericht erwähnt. Als 'sehr wahrscheinlich' wird ein gewisser Stephan Woikolesku genannt, rumänischer Staatsangehöriger, in Zusammenhang mit dem Mord an einem Tankstellenpächter in Nürnberg, als 'wahrscheinlich' ein gewisser Peter Ringier, Deutscher, in Verbindung mit dem Mord an einer Prostituierten in Hamburg, und schließlich als 'möglich' ein gewisser Bogdan Romanov, ebenfalls Rumäne, in Verbindung mit dem Mord an einem Bankier in Berlin. Von Woikolesku und Romanov habe ich ein Bild."

„Hilft uns das jetzt?" zweifelte Patzoleit.

„Tja", seufzte Sonja, „immerhin wissen wir nun, dass die Sache ernst ist. Da sind offenbar Profikiller am Werk. Vielleicht sind sie nur hinter Richard Tegmark her, aber sie haben keine Skrupel, auch auf den Chef zu schießen. Wir müssen etwas unternehmen."

„Aber was?"

„Natürlich muss die Polizei informiert werden. Aber auf jeden Fall können wir den Chef da oben auf der Insel nicht allein lassen. Der einzige Trost ist, dass er weit vom Schuss ist. Niemand weiß, dass er dort ist."

„Wenn die ihn suchen, werden sie ihn auch finden, wenn es wirklich Profis sind, wie Du sagst."
„Eben. Und deshalb müssen wir was tun. Robby muss auf die Insel, und ich will auch hin.
„Ok, Sonja, ruf den Chef an."
„Mach ich sofort."

8

Michael schloss das Haus seines Bruders auf und blieb hinter der noch geöffneten Haustür stehen. Er hörte kein Geräusch. Prüfend sog er die Luft ein. Es roch, als wäre jemand zu Hause oder hätte das Haus gerade erst verlassen. Keine Spur von Muffigkeit.
„Richard?" rief er laut. Er bekam keine Antwort. Zögernd öffnete er die Tür zu seiner Rechten. Er wusste, dass es die Küchentür war, und dort konnte er am ehesten feststellen, ob jemand hier war. Die Küche war aufgeräumt und peinlich sauber. Frau Burmeester, die Nachbarin, fiel ihm ein. Natürlich, warum hatte er daran nicht gedacht. Sie hielt das Haus immer in guter Ordnung und lüftete auch regelmäßig. Am besten gehe ich gleich einmal zu ihr hinüber und frage, ob jemand in der letzten Zeit im Haus war, dachte er.
Ein Hund bellte. Frau Burmeester öffnete schon nach einmaligem Klopfen.
„Ich habe Sie schon erwartet", sagte sie, ich wäre auch heute herübergekommen, aber ich wollte

nicht stören. Sei ruhig, Bo", herrschte sie ihren Hund an.

„Nicht stören?"

„Na, sie sind doch gestern schon gekommen. Aber sie waren wohl zu müde." Sie ließ Bo etwas Leine, der neugierig an Michael schnüffelte.

„Gestern? Nein, ich bin gerade eben erst angekommen."

Frau Burmeester machte ein verblüfftes Gesicht.

„Aber gestern Abend war doch Licht!"

Michael spürte, wie sein Blutdruck stieg. Das konnte nur Richard sein! Ist er also hier, dachte er.

„Das kann nur mein Bruder gewesen sein", sagte er zu Frau Burmeester. Er streichelte den Hund über den Kopf.

„Ihr Bruder?" wunderte sich Frau Burmeester. „Ich habe ihn gar nicht gesehen, auch heute tagsüber nicht."

„Ja, dann werde ich mal nach ihm suchen. Vielen Dank erst einmal, Frau Burmeester."

„Keine Ursache", entgegnete diese, „wenn Sie etwas brauchen, klopfen Sie einfach."

„Mach' ich", sagte Michael, „ich komme später noch mal rüber."

Frau Burmeester war die Neugier ins Gesicht geschrieben, sie öffnete schon den Mund zu einer Frage, überlegte es sich dann aber doch anders. Sie zog Bo zurück und schloss die Tür.

Ins Haus zurückgekehrt, ging Michael von Zimmer zu Zimmer. Alles war sauber und ordentlich. Wie in Frankfurt, dachte er.

Im Schlafzimmer setzte er sich auf das Bett. Er hob die Decke und fand einen Schlafanzug. Er faltete ihn auseinander und fand zwei eingestickte Buchstaben: „R T". Richards Schlafanzug, dachte er. Er stand auf und ging zum Heizkörper. Er fühlte sich warm an, obwohl der Thermostat auf Frostschutz stand. Jetzt fiel ihm auch auf, dass das ganze Haus gut geheizt war. Er ging wieder durch die Zimmer und inspizierte die Heizkörper. Alle Thermostaten standen auf Frostschutz, doch alle bis auf den in der Gästetoilette waren warm. Kein Zweifel, es war jemand hier und hatte die Heizkörper aufgedreht. Frau Burmeester hatte keine Veranlassung dazu gehabt, also musste es derjenige gewesen sein, der gestern Abend das Licht angemacht hatte. Nach Lage der Dinge konnte es nur Richard gewesen sein.

Er ging ins Wohnzimmer und suchte nach dem Telefon. Er fand es auf dem Fernsehtisch. Der Akku war zu etwa drei Viertel geladen. Vorsichtig wählte er im Menü die Anrufliste. Er fand Telefonnummern, die er sofort zuordnen konnte. Es waren die von Brigitte, die der Bank und seine eigene. Zuoberst allerdings fand er eine Nummer ohne Vorwahl. Also hatte Richard, wenn er es denn war, eine Nummer hier auf Borkum angerufen. Richard notierte sie sich auf einem kleinen Zettel. Dann ging er zu seinem Auto und holte sein Gepäck und sein Notebook ins Haus.

Er suchte den Router und stellte fest, dass er online war. Als er sein Notebook gestartet hatte, wählte er sich ins Internet ein und rief ein Programm für die Inverssuche von Telefonnummern auf. Hoffentlich hat der Teilnehmer keine Rufnummernunterdrückung, dachte er, als auch schon eine Adresse angezeigt wurde. Hertha de Boer, Luchterstrate 26, las er. Er schrieb die Adresse auf, ging in Richards Arbeitszimmer und zog aus einer Schublade des Schreibtisches einen Stadtplan von Borkum hervor. Die Luchterstrate war im Ortskern, zwischen Strandstraße und Wilhelm Bakker Straße, vielleicht zehn Minuten zu Fuß entfernt vom Knaakenpad. Vielleicht war Richard dort.

Inzwischen war es dunkel geworden, es war kalt und es nieselte leicht. Der Wind trieb die Tropfen in sein Gesicht. Michael zog die warme Winterjacke fest um sich und stapfte durch den Wiesenweg, als sein Telefon klingelte. Er blieb stehen, wandte sich vom Wind ab, und zog sein Telefon aus der Tasche. Es war Sonja. Sie berichtete ihm von dem Ergebnis der Untersuchung der Kugel und von ihren Recherchen.

Michael war keineswegs erfreut davon, dass sie offenbar illegal in das Computernetz des Bundeskriminalamts eingedrungen war. „Ich wünsche keine illegalen Dinge, was auch immer das sein mag", sagte er streng.

Sonja wusste, dass ihr Chef und „Nennonkel" in dieser Beziehung nicht mit sich handeln ließ. „Ich habe das mit Hilfe eines früheren Kollegen aus dem LKA gemacht", log sie, um ihn zu beruhigen. Michael ließ es auf sich beruhen.

Sonja aber brachte ihre Bedenken bezüglich seiner Sicherheit vor. „Ich würde gerne hochkommen und auf Dich aufpassen, Onkel Michael", schlug sie unverblümt vor.

„Kommt gar nicht in Frage", grantelte Michael. „Ist auch nicht nötig. Niemand weiß, dass ich hier bin, ich bin hier völlig sicher. Und Du, Sonja, wirst schließlich im Labor gebraucht, wer soll denn sonst Deine Arbeit machen?"

Sonja war alles andere als zufrieden. „Kann ich wenigstens weitere Recherchen anstellen? Ich könnte meinen Vater um Hilfe bitten."

„Du wirst gar nichts tun außer Deiner normalen Arbeit", zischte er ins Telefon. „Ich komme hier schon zurecht. Wenn ich jemanden brauche, hole ich mir Robertus."

„Wie Du willst, Onkel Michael", gab sie nach, „aber melde dich bitte gleich, wenn etwas ist."

„Natürlich, ich wünsche Dir einen schönen Abend." Wütend legte er auf. Sind die alle verrückt geworden?

9

Bogdan Romanov fror. Schon seit über einer Stunde beobachtete er das Haus, in das der Bruder verschwunden war. Er wickelte sich fester in seine dünne Regenjacke. Dass es aber auch so kalt war! Noch nicht einmal rauchen konnte er, das verbot er sich, denn es könnte auffallen. Er konnte auch nicht einfach an einer windgeschützten Stelle stehen bleiben und warten, auch das könnte den Nachbarn auffallen. So ging er denn gemächlich die Reedestraße auf und ab, immer wieder die Straßenseite wechselnd und stets so, dass er den Eingang des Hauses im Knaakenpad im Blickfeld hatte.

Endlich! Die Tür öffnete sich und jemand kam heraus. Er hastete hinter eine Garagenwand und beobachtete, wie der Mann auf ihn zukam. Nun konnte er ihn erkennen. Kein Zweifel, es war der Bruder. Er folgte ihm in gehörigem Abstand, sah, wie der Bruder in eine kleinere Straße abbog und zügig ausschritt. Romanov schloss ein wenig auf. Da, der dunkle Schatten vor ihm blieb stehen. Vielleicht hat er mich gesehen, dachte Romanov.

Doch dann hörte er einen Klingelton und gleich darauf die Stimme des Bruders. Er telefonierte. Romanov wartete ab. Nach einigen Minuten klappte der Bruder das Telefon zusammen und ging weiter in Richtung Zentrum. Er geht zum Essen, dachte Romanov, doch dann näherte er sich einem Haus in einer Nebenstraße. Luchterstrate, las Romanov, als er näher kam. Er sah, wie der Bruder an der Haustür klingelte. Er macht einen Besuch, dachte Romanov, drehte sich um und lief, so schnell er konnte, zum Haus im Knaakenpad, immer auf der Hut, nicht aufzufallen. Ehe er sich der Haustür näherte, lauschte er noch einmal in die Umgebung. Nichts zu sehen und zu hören.

Als er die massive Eingangstür des Hauses sah, blieb er zweifelnd stehen. Er kramte in seiner Tasche nach dem Varioschlüssel, mit dem er fast jedes Schloss öffnen konnte. Ohne zu zögern trat er an die Tür und schob den dünnen Stift des Schlüssels ins Schloss. Er startete die Profilsuche des Schlüssels, dann drehte er ihn. Er ließ sich soweit drehen, dass das Schnappschloss ein Stück zurückfuhr, leider aber nicht so weit, dass er die Tür öffnen konnte. Ich muss aber da rein, dachte er verzweifelt. Er holte das kleine Stemmeisen aus der Manteltasche und schob die Lippe in den schmalen Spalt zwischen Tür und Rahmen. Dann drückte er mit aller Kraft dagegen. Der Rahmen splitterte mit einem Knall. Romanov sah sich erschrocken um, doch das Geräusch war wohl unbemerkt geblieben. Er drückte die Tür ganz auf und betrat das Haus. Zuerst ging er durch alle Räume, um sich einen Überblick zu verschaffen, dann fing er im Arbeitszimmer mit der gründlichen Durchsuchung an. Er gab sich eine Stunde Zeit, so lang würde der Bruder wohl mindestens für seinen Besuch benötigen.

Michael betrachtete das kleine Haus in der Luchterstrate, das aussah, als wäre es den alten Insulanerhäusern nachempfunden. Allerdings war es mit modernem glatten Klinker verblendet. Der Holzzaun, der es umgab, sah verwittert aus, der Garten schien nur nachlässig gepflegt zu sein. Links daneben stand ein weiß verputztes, größeres Haus, das von einem Maschendrahtzaun umgeben war. Auf der rechten Seite stand hinter einem wei-

teren dunkel verklinkerten Haus eine dreistöckige Pension mit vielen Fenstern, nur einige waren hell. Ein matt beleuchtetes Schild über dem Eingang verkündete, dass dies das 'Haus Strandhafer' war. Niemand war auf der Straße zu sehen, kein Wunder bei diesem kalten, unfreundlichen Wetter.
Michael sah sich die Fassade des Hauses Nummer 26 an. Er fand nichts Ungewöhnliches. Immerhin waren mehrere Fenster erleuchtet, es war also jemand zu Hause. Leise öffnete er das Gartentor und ging zur Haustür. Sie bestand aus einem massiven Rahmen und einer gelben Drahtglasfüllung. Innern schimmerte matt Licht. Er suchte den Klingelknopf und drückte entschlossen darauf. Erst einmal passierte gar nichts. Dann ging innen eine Tür auf, Michael konnte hellen Lichtschein sehen und die Schatten von zwei Personen, die sich im Gegenlicht bewegten. Er hörte aufgeregtes Tuscheln. Etwas fiel zu Boden. Dann löste sich eine der Gestalten aus dem Knäuel und kam zur Tür. Sie wurde einen Spalt breit geöffnet.
„Guten Abend", begrüßte Michael das Gesicht im Spalt.

Die Tür wurde etwas weiter geöffnet. Jetzt konnte Michael einen Frauenkopf sehen. Schmal, circa dreißig Jahre alt, lange, verwuschelte blonde Haare. „Moin", hörte er in unverfälschtem norddeutschem Dialekt.
„Frau de Boer? Entschuldigen Sie bitte", sagte Michael höflich. „Mein Name ist Michael Tegmark. Ich bin auf der Suche nach meinem Bruder. Ist es möglich, dass er hier bei Ihnen ist?"
Die Frau öffnete die Tür noch ein wenig weiter. Jetzt kam auch ihre Figur zum Vorschein. Schlank, attraktiv, dachte Michael.
„Ihr Bruder?" fragte sie, ohne ihn anzusehen. „Ihren Bruder kenne ich doch gar nicht."
„Er hat gestern Nachmittag hier angerufen. Können Sie mir sagen, was er von Ihnen wollte?" Es war ein Schuss ins Blaue, theoretisch hätte auch Frau Burmeester oder jemand anderes von dem Apparat aus anrufen können, aber das war sehr unwahrscheinlich.
Die Augen der Frau flackerten. „Das war nicht Richard, äh, ich meine, äh, ich weiß nicht."
Aha, dachte Michael, sie kennt ihn also doch.
„Würden Sie mich vielleicht in ihre Wohnung las-

sen, dann kann ich mich selbst davon überzeugen, ob Richard hier ist."

Die Frau erschrak. „N-Nein, das geht auf keinen Fall. Ich sagte doch schon, Richard ist nicht hier. Ich weiß nicht, wo er ist. Bitte lassen Sie mich in Ruhe."

Michael überlegte. Es hatte keinen Sinn, die Frau zu sehr unter Druck zu setzen, dann würde sie sich erst recht verschließen. Er beschloss, es für heute gut sein zu lassen. Er hatte genug erfahren.

„Dann möchte ich Sie nicht länger belästigen, Frau de Boer. Ich wünsche Ihnen noch einen schönen Abend.

„Tschüss", sagte die Frau schnell und warf erleichtert die Tür zu. Michael sah schemenhaft, wie sie in das erleuchtete Zimmer zurück ging und die Tür hinter sich schloss. Er blieb noch einen Moment stehen, konnte aber außer dem Tropfen des Regens und dem auf- und abschwellenden Wind nichts hören.

Er glaubte nun fester denn je, dass Richard in diesem Haus war. Er fühlte Erleichterung und Furcht gleichzeitig. Was war da los? Richard war auf der Flucht, das war klar. Aber wovor? Jemand war hinter ihm her, das war auch klar. In was war Richard da bloß verwickelt! Er würde ihm so gerne helfen, aber offensichtlich wollte Richard keine Hilfe. Er trat auf die Straße und schloss hinter sich das Tor. Eigentlich hatte er vor gehabt, essen zu gehen. Doch nun brummte der Kopf und es war ihm schwindelig. Ein kleiner Spaziergang wird mir gut tun, dachte er. Es hatte aufgehört zu regnen. Die Luft war kalt und klar. Ein Hund bellte in einiger Entfernung. Auf der Straße war immer noch niemand zu sehen. Richard schlug den Kragen seiner Jacke hoch und ging los.

Als er sich eine viertel Stunde später dem Haus im Knaakenpad näherte, stutzte er. War da nicht ein Lichtschein hinter einem der Fenster? Er sah genauer hin. Nein, er konnte nichts erkennen. Ich habe mich wohl geirrt, dachte er und trat an die Haustür. Was war denn das? Die Tür war ein Spalt breit offen und der Rahmen war in Höhe des Schlosses gesplittert. Ein Einbrecher, schoss es ihm Durch den Kopf. Wütend riss er die Tür auf und trat ein. Die gegenüber liegende Tür zum

Wohnzimmer war offen, und nun sah er auch Licht. Es schien aus einer kleinen Taschenlampe zu kommen. Als er über die Schwelle der Tür trat, sah er eine Gestalt, die mit dem Rücken zu ihm gebückt vor einem Regal stand und etwas Durchsuchte. Michael fühlte nach dem Lichtschalter neben der Tür, ohne die Gestalt aus den Augen zu lassen.

Als das Licht aufflammte, richtete sich die Person abrupt auf und drehte sich um. Michael prallte vor Schreck zurück, wobei er über die Schwelle der Tür stolperte, den Halt verlor und rücklings hinfiel. Im Hinfallen erkannte er die Gestalt deutlich. Es war ein mittelgroßer Mann, schwarzhaarig und mit dunklem Teint. Der Mann griff in seine Jackentasche und zog einen länglichen Gegenstand hervor, den er auf Michael richtete. Ein Geräusch wie beim Öffnen einer Sektflasche ertönte, kurz darauf noch einmal. Der Mann stürzte auf ihn zu. Michael wollte sich festhalten, doch er griff ins Leere. Ein stechender Schmerz durchfuhr ihn, so dass er sich für einen Moment nicht bewegen konnte. Seine Augen standen schreckgeweitet offen. Der Fremde stieg hastig über ihn hinweg und rannte hinaus.

Michael brauchte einige Minuten, um sich von dem Schreck und dem Sturz zu erholen. Er erhob sich ächzend und befühlte seinen zitternden Körper. Er hatte sich nicht verletzt, auch tat ihm nichts ernsthaft weh. Erst langsam verstand er, was da eben passiert war. Er hatte einen Einbrecher überrascht. Schade, dass ich ihn nicht fest halten konnte, dachte er. Dann fiel ihm der Gegenstand ein, den dieser in der Hand gehalten hatte. Er erinnerte sich an das Geräusch, das er gehört hatte. Da endlich begriff er, in welcher Gefahr er sich befunden hatte. Er hat geschossen, dachte er erschrocken. Ängstlich sah er sich um. Ein großes Stück des Putzes direkt neben der Tür war abgeplatzt. Mitten darin sah er einen dunklen Punkt. Dort musste die Kugel stecken. Er sah genauer hin. Etwas in dem Loch glänzte silbrig. Das war eine Kugel, es konnte nur eine Kugel sein! Er lief in die Küche und holte ein Messer aus der Schublade. Damit entfernte er den Putz in der Umgebung der Kugel, bis er diese herausnehmen konnte. Sie war nur noch ein Klumpen deformiertes Blei. Schade, dachte er. Doch dann fiel ihm ein, dass er den 'Sektkorken' noch einmal gehört hatte. Er inspizierte die Wand, doch außer diesem einen Einschlag war nichts zu sehen. Ob die zweite Kugel durch die Tür geflogen war? Er ging in den Flur und sah zurück. Wo hatte der Einbrecher gestanden? Er stellte sich eine gerade Linie von dessen Position im Wohnzimmer zu einem Punkt an der Wand neben der Eingangstür vor. Da bemerkte er ein Loch im links neben der Tür stehenden Garderobenschrank. Er öffnete die Tür und sah sofort, wo die Kugel stecken musste. Auch in der Rückwand war ein Loch. Er schob den Schrank zur Seite, was ihm nur mit Mühe gelang. Und tatsächlich, dort wo der Schrank gestanden hatte, war ebenfalls ein Stück Putz abgeplatzt. Sorgfältig präparierte er mit Hilfe des Messers die Kugel heraus. Zufrieden registrierte er, dass sie nur wenig deformiert war. Er schob den Schrank wieder an seinen Platz und ging in die Küche. Dort steckte er die Kugel sorgfältig in einen Tiefkühlbeutel. Morgen würde er sie ins Labor zur Untersuchung schicken. Anschließend ging er durch die Wohnung, um festzustellen, was der Einbrecher angerichtet hatte. Entweder hatte er sauber gearbeitet, oder er hatte gerade erst angefangen, dachte Michael. Es war nichts zerstört, nirgendwo war etwas herausgerissen oder umgeworfen worden. Hatte der Einbrecher etwas gesucht? Er öffnete einige Türen und rückte ein paar Bücher beiseite. Nichts Auffälliges! Ich habe ihn frühzeitig überrascht, dachte er. Doch nun spürte er, wie seine Arme und Beine anfingen zu zittern. Er nahm das Telefon und wählte die Nummer der Polizei.

Bogdan Romanov ging methodisch vor, so wie er es immer machte. Zuerst der Schreibtisch, dann die Schränke in Wohn und Schlafzimmer. Zuletzt die Küche. Es gab, wie er feststellte, noch ein Kinderzimmer, das sollte zum Schluss drankommen. Unwahrscheinlich, dass er dort einen Hinweis fände. Er blätterte in den Unterlagen, die er im Schreibtisch fand. Ein paar Rechnungen, adressiert an Richard Tegmark, aber alle älteren Datums, einige handschriftliche Notizen, einige Quittungen, aber keine Adressen, keine Telefonnummern. Er nahm sich das Telefon auf dem Schreibtisch vor. Unter gewählten Rufnummern stand ganz oben eine Nummer ohne Vorwahl, also Borkum. Er seufzte. Hoffentlich war die Nummer mit Hilfe der Inverssuche zu finden, sonst müsste er das gesamte Borkumer Telefonbuch Durchsuchen. Er sah in den Papierkorb. Er war leer. Neben dem Schreibtisch stand ein Regal, in dem Ordner und Bücher standen. Er nahm die Ordner zur Hand, einen nach dem anderen. Wieder nichts, was ihm helfen konnte.

Als er sich bückte und mit seiner kleinen Lampe unter das Regal leuchtete, hörte er ein Geräusch. Bevor er reagieren konnte, flammte Licht auf. Er richtete sich auf und fuhr herum. In der Tür stand der Bruder. Romanov reagierte blitzschnell. Er zog seine Waffe, richtete sie auf den Bruder und drückte zweimal ab. Der Bruder taumelte zurück und fiel. Na also, gut getroffen, dachte Romanov. War da noch jemand? Er lief zur Tür, lauschte einen Moment, doch er konnte nichts hören. Zufrieden mit sich stieg er über die am Boden liegende Gestalt. Er sah zu der Leiche hinab. Der Mann lag mit offenen Augen auf dem Boden und rührte sich nicht. Es ging nicht anders, dachte er, er hat mich erkannt, ich musste schießen. Romanov lief zur Tür und spähte vorsichtig hinaus. Alles war ruhig.

So als habe er gerade einen Besuch gemacht, schlenderte er die Straße hinab.

10

Michael saß in einem Sessel und dachte nach. Der Polizist, der den Einbruch aufgenommen hatte, war gerade gegangen. Er hatte sich die Tür angesehen, war durch alle Räume gegangen und hatte den Kopf geschüttelt. Er habe den Einbrecher wohl beim Einsteigen in die Wohnung überrascht, kommentierte er. Er schrieb alles auf und forderte Michael auf, am nächsten Tag in das Polizeigebäude in der Strandstraße zu kommen, um das Protokoll zu unterschreiben. Man würde versuchen, den Mann zu ermitteln, von dem Michael eine gute Beschreibung gegeben hatte. Dazu würde man besonders die Fähren beobachten. Er sei zuversichtlich, so der Beamte, dass man den Mann fasse, denn wo sollte der schon hin. Schließlich sei man auf einer Insel. Dann war er gegangen, Michael mit dem Problem allein lassend, die Tür zu sichern. Das war zum Glück nicht allzu schwer gewesen, denn das Schloss war nahezu unversehrt geblieben. Wenn er den Schlüssel zwei Mal herumdrehte, war die Tür abgeschlossen. Trotzdem blieb ein ungutes Gefühl. Der Einbrecher hatte sich einmal Zutritt verschaffen können, da würde er es sicher auch ein zweites Mal können.

Michael nippte an seinem Wein, ein guter Bordeaux, doch heute schmeckte er ihm nicht. Ich bin da in etwas hineingeraten, das ich nicht überblicke, dachte er. Er war hier im Haus seines Bruders, also konnte er davon ausgehen, dass der Einbruch etwas mit seinem Verschwinden zu tun hatte. Aber die Leute, die ihn verfolgten, schreckten nicht davor zurück, auch ihn zu töten. Die Kugel in seiner Tasche war plötzlich tonnenschwer. Wieder einmal war er nur knapp davon gekommen. So kann es nicht weiter gehen, dachte er. Entschlossen nahm er das Telefon und wählte. Der Teilnehmer nahm sofort ab.

„Robby? Ich brauche dich hier. Nimm morgen früh die erste Fähre."

Michael beugte sich zur Beifahrertür und öffnete sie von innen. Er wartete schon über zwanzig Minuten am Anleger der Fähre, die Verspätung hatte. Robby steckte den Kopf ins Wageninnere.

„Soll ich nicht fahren, Chef?"

„Nun komm schon, ist ja nicht weit", entgegnete Michael.

Robby warf seine Tasche auf den Rücksitz und stieg widerstrebend ein.

„Ich bin froh, dass Du da bist", bekräftigte Michael und fuhr vom Parkplatz.

„Sonja lässt Sie grüßen", berichtete Robby, „sie macht sich Sorgen. Soll sie nicht doch ein paar Erkundigungen…"

„Sie soll ihre Arbeit machen", unterbrach ihn Michael. „Ich will nichts Illegales. Wir kommen schon zurecht. Wegen eines Einbrechers soll sie nicht die ganze Welt verrückt machen."

„Sie könnte doch ihren Vater um Hilfe bitten", gab Robby zu bedenken.

„Das Bundeskriminalamt wegen eines Einbrechers in Bewegung setzen!" lachte Michael, „das fehlte noch. Außerdem könnte ich meinen Freund Bernhard selber anrufen. Nein, kommt nicht in Frage. Jetzt bist Du ja da."

Robby grunzte, wenig überzeugt von Michaels Argumenten.

„Hat Du schon gefrühstückt?" fragte Michael

„Nicht richtig", gab Robby zu.

„Ich auch nicht. Wir halten an einem Supermarkt und kaufen ein, und dann frühstücken wir erst mal richtig, das bringt uns auf andere Gedanken."
„Was war denn gestern Abend genau los, Chef. Ich weiß nur von einem Einbruch."
Michael erzählte es ihm, und diesmal ließ er auch nicht die beiden Schüsse aus, die er der Polizei gegenüber verschwiegen hatte.
Robby war sprachlos. „Und es war nichts durchwühlt, keine Spuren außer der beschädigten Tür?" fragte er.
„Nichts sonst", antwortete Michael. „Ich habe noch einmal Glück gehabt."
„So sehe ich das nicht", sagte Robby warnend. „Das sieht mir sehr nach einem Profi aus. Ich wette, da ist jemand hinter Ihnen her."
Michael lenkte den BMW auf den Parkplatz des Supermarktes. „Reden wir später noch einmal darüber", sagte er beim Aussteigen.
Robby folgte ihm in den Supermarkt. Michael ging eilig Durch die Gänge, kaufte an der Theke Wurst und Käse und legte Speck, Eier, Marmelade und Brötchen in den Korb. „Kaffee ist noch da", erläuterte er.

Robby warf noch Nudeln, Tomatensoße und Pesto dazu. „Für heute Abend", sagte er, sich immer wieder umsehend.

„Jemand hat es auf Sie abgesehen", flüsterte er Michael zu, als sie an der Kasse standen.

„Nicht jetzt, wir reden später", zischte Michael.

Diesmal überließ er Robby das Steuer. Mit wenigen Worten dirigierte er ihn zum nicht weit entfernten Knaakenpad. Robbys Worte hatten ihn doch nachdenklich gemacht.

Im Haus angekommen, ließ Robby sich zeigen, wo Michael den Einbrecher überrascht hatte und was dann geschah. Michael zeigte ihm die beiden Kugeln.

„Die müssen sofort ins Labor", ereiferte Robby sich. „Und ich wette schon jetzt, dass sie mit der Kugel aus Frankfurt identisch sind. Würde mich sehr wundern, wenn nicht.

„Gut", stimmte Michael zu und gab ihm das Tütchen mit den Kugeln, „dann bringst Du sie jetzt zur Post und schickst sie Express nach Düsseldorf."

„Mach ich. Und ich werde mir mal unauffällig das Haus in der Luchterstrate ansehen.

Er wandte sich zur Tür, da fiel ihm etwas ein. Er kramte in seiner Tasche und förderte einen großen Umschlag zu Tage, den er Michael reichte. „Sonja hat mir etwas für Sie mitgegeben."
Michael nahm den Umschlag und öffnete ihn. Es waren die Ergebnisse der Laboruntersuchungen. Michael sah sie mit mäßigem Interesse Durch. Er kannte das Ergebnis ja schon, die Details interessierten ihn weniger. Er wollte sie schon zurück in den Umschlag stecken, als er einige Blätter fand, die nicht zu den Laborergebnissen gehörten. „Was ist das denn?" murmelte er.
„Sonja hat recherchiert", bemerkte leise. Er erwartete ein Donnerwetter, denn er wusste, wie Sonja an die Informationen gekommen war.
Michael zog die Blätter aus einem Klarsichtordner. Zwei Fotos fielen dabei zu Boden. Michael hob sie auf und drehte sie um. Er erstarrte, als er die Bilder sah. Sprachlos deutete er auf eines der Bilder, wobei er alles andere fallen ließ.
„Das … das ist er", stöhnte er, wobei er in einen Sessel fiel. „Das ist der Einbrecher!"
Robby schielte über Michaels Schulter. Na also, dachte er.

Michael drehte das Foto um. 'Bogdan Romanov', stand dort. Er hob die Papiere auf und las Sonjas Bericht aufmerksam durch. Robby wartete atemlos.

„Wir müssen sofort die Polizei einschalten. Wenn dieser Kerl auf der Insel ist, dann kann die Polizei ihn aufspüren und festnehmen."

„Das geht nicht, Chef", sagte Robby.

„Warum nicht?"

„Weil Sonja die Information auf, äh, etwas informelle Weise erhalten hat", sagte er zerknirscht. Mit einem Lächeln fügte er hinzu: „und weil die Polizei nichts von den Kugeln weiß".

Michael war verblüfft. In was für eine Lage habe ich mich da manövriert, dachte er. Ich hätte die Kugeln unbedingt der Polizei übergeben müssen. Er überlegte fieberhaft. Nein, jetzt gab es keinen Weg zurück mehr. Er sah Robby an und sagte: „Ruf Sonja an. Sag ihr, sie hat freie Hand."

11

Der Regen hatte aufgehört. Es war kalt, obwohl die Sonne immer öfter Durch die Wolken schien. Ein scharfer Wind wehte. Robby schlenderte, den Mantelkragen hochgestellt, langsam die Luchterstrate entlang. Das Haus Nummer 26 lag wie verlassen da. Richard Tegmark kannte ihn, das musste er berücksichtigen. Er ging gesenkten Kopfes an dem Haus vorbei und beobachtete es aus den Augenwinkeln. Einige kahle Büsche standen im Garten, schräg hinter dem Haus konnte er einen Komposthaufen erkennen, weiter hinten stand ein kleines Gartenhäuschen. Bei Tag haben wir keine Chance, dachte er, es geht nur bei Dunkelheit. Er lief an der Pension 'Strandhafer` vorbei. Weiter hinten sah er einen Fahrradverleih. Dort blieb er stehen und beobachtete vorsichtig das Haus. Ein Mann kam heraus und sprach ihn an.
„Möchten Sie ein Fahrrad?"
„Nein, vielen Dank", antwortete Robby. „Eine Kollegin kommt morgen nach Borkum, ich wollte mich nur nach den Preisen erkundigen."

„Warten Sie, ich hole eine Preisliste." Er verschwand im Büro.

Im Haus Nummer 26 wurde eine Tür geöffnet. Eine junge Frau kam heraus, eine Tasche in der Hand. Schnellen Schrittes kam sie auf Robby zu.

„Reservieren ist nicht nötig in dieser Jahreszeit", sagte der Fahrradverleiher und reichte Robby einen Zettel. Er hatte gar nicht bemerkt, dass er schon wieder da war.

Die Frau kam näher, Robby konnte sie nun gute erkennen. Sie sah jung und hübsch aus, schlanke Figur, die blonden Haare hatte sie hochgesteckt. Robby drehte sich zu dem Fahrradverleiher um, als die Frau vorbeiging.

„Moin", grüßte sie.

„Moin Hertha", grüßte der Fahrradverleiher zurück und hob die Hand.

„Ich überlege es mir noch mal", sagte Robby zu dem Fahrradverleiher, verabschiedete sich mit einem Nicken und folgte der Frau vorsichtig. Als sie in einem Supermarkt verschwand, ging er zurück zum Haus im Knaakenpad.

Sonja Nilsson klappte den Deckel ihres Laptops zu. Sie hatte mit Robby gesprochen und ihn informiert, dass sie morgen nach Borkum fahren würde. Als erstes würde sie das Haus in der Luchterstrate beobachten. Robby sollte Michael bewachen.

Sie sah noch einmal auf die Liste, auf der alle Positionen bis auf eine abgehakt waren. Nachtsichtgerät, zwei Scanner, Richtmikrofone, und so weiter, alles da.

Ein Zimmer in der Pension 'Haus Strandhafer' war gebucht, außerdem hatte sie eine telefonische Reservierung für den Transporter um 8:00 Uhr am folgenden Tag. Jetzt hatte sie nur noch eine unangenehme Sache vor sich. Sie musste Walter Dernekamp anrufen, den Chef der Kriminaltechnischen Untersuchung beim Landeskriminalamt. Was bin ich dumm, dass es mir so viel ausmacht, schalt sich Sonja. Dann riss sie sich zusammen, nahm das Telefon und wählte die Nummer ihres Freundes und früheren Liebhabers.

„Walter?" fragte sie in den Hörer.

„Sonja, wie schön. Wie geht es Dir?"

„Danke, mir geht's gut."

Jetzt bloß nicht nach seiner Familie fragen!

„Wie geht es Deiner Frau und den Kindern?"
„Alles in Ordnung. Rolf ist jetzt in der Schule. Warum rufst Du an?
Ich bin einfach zu blöd, dachte sie, kann ich nicht endlich vergessen, was gewesen ist?
Als hätte Walter gehört, was sie dachte, sagte er: „Ich bin immer für dich da, Sonja. Hast Du Sorgen?"
Reiß dich zusammen, blöde Kuh, dachte sie. „Nein Walter, das ist es nicht. Aber manchmal denke ich schon an die alten Zeiten."
„Ich doch auch, Sonja. Aber glaube mir, es ist besser so. Wie gesagt, Du kannst mich immer anrufen."
„Ich weiß, Walter." Sie schniefte.
„Also, was ist?"
„Ich brauche das Fahrrad."
„Das Fahrrad?"
„Genau. Ich brauche es für eine Observation." Das 'Fahrrad' war eine Konstruktion, die Sonja während ihrer Zeit beim Landeskriminalamt entscheidend mit entwickelt hatte. Es sah aus wie ein normales Fahrrad, enthielt aber allerlei Technik. So waren anstelle der Lampe zwei Kameras installiert,

eine normale für Tageslicht, und eine Infrarotkamera für die Observation bei Nacht. Außerdem gab es noch zwei Richtmikrofone. Alles konnte über Funk gesteuert werden, auch die Bilder wurden über Funk gesendet.

„Du weißt, dass das nicht geht", sagte Walter.

„Weiß ich."

„Ja, und?"

„Ich brauche es trotzdem. Der Chef ist in Gefahr."

„Welcher Chef?"

„Mein Chef. Michael Tegmark. Auf ihn ist schon zwei Mal geschossen worden, und wir haben einen Verdächtigen."

„Dann lass das die Polizei machen."

„Das geht nicht, Walter. Ich kann Dir das jetzt nicht erklären, aber glaube mir, wir müssen das selber machen."

Walter seufzte. „Ach Sonja. Ich würde Dir ja gerne den Gefallen tun, aber Du weißt doch selbst, wie das ist. Ich brauche einen offiziellen Auftrag, schriftlich und mit allem drum und dran."

„Ist klar, Walter. Aber wenn das Fahrrad in Reparatur wäre?"

„Hm."

„Du kannst den Auftrag auch nach außen vergeben. An unser Labor, zum Beispiel."
„Äh, ja." Sie konnte förmlich hören, wie Walter nachdachte. „Vielleicht ginge das."
„Komm schon, Walter. Das geht ohne Probleme. Und Du bist aus dem Schneider."
„Wann brauchst Du es denn?"
„Sofort."
„Sofort? Das geht überhaupt nicht. Ich habe jetzt Feierabend."
„Ich brauche es heute noch, in dreißig Minuten bin ich da. Sei ein Schatz, Du kriegst auch einen Kuss von mir."
„Sonja!"
„Also bis gleich. Ich treffe dich vor dem Eingang, dann brauche ich keinen Besucherschein."
„Na schön, also komm."

12

Michael ließ sich gerade von Robby berichten, als sein Telefon klingelte. Er sah, dass es seine Schwägerin war.
„Brigitte, wie geht es Dir?"
„Ich sollte lieber fragen, wie es Dir geht." Ihre Stimme klang sorgenvoll.
„Hier ist einiges passiert", sagte Michael vorsichtig. Er wollte seine Schwägerin informieren, sie aber nicht unnötig beunruhigen. „Wir hatten einen Einbrecher."
„Einen Einbrecher? Als Du schon da warst?" Ihre Stimme war jetzt voller Panik.
„Es war nicht so schlimm", beruhigte Michael sie. „Ich habe ihn überrascht. Es ist nicht viel passiert, keine Beschädigungen in der Wohnung oder so. Nur die Haustür ist aufgebrochen worden." Einem plötzlichen Impuls folgend, setzte er hinzu: Die Polizei war hier. Ich habe ihn erkannt, die Polizei sucht ihn überall auf der Insel "
Brigitte schien beruhigt. „Und Richard? Weißt Du, wo er ist?"

Michael war froh, dass sie die Sache mit dem Einbrecher nicht vertiefte. „Ich habe eine Ahnung wo er ist. Hier im Haus jedenfalls nicht. Es ist aber möglich, dass er auf der Insel ist. Ich habe Robby hier, der hilft mir suchen."

„Oh Michael", sagte sie, nun mit einer Spur Hoffnung in der Stimme. „Ruf mich bitte sofort an, wenn Du etwas weißt. Ich bin ganz verrückt vor Sorge."

„Mach ich doch", beschwichtigte er. „Hast Du es den Kindern schon erzählt?"

Brigitte fing an zu weinen. „Ich kann es einfach nicht, Michael. Kannst Du nicht zu mir kommen? Ich fühle mich so allein."

„Ich komme so bald wie möglich. Jetzt geht es noch nicht, wir müssen doch Richard suchen."

„Wo könnte er denn sein?"

Michael überlegte, was er ihr sagen konnte, doch dann entschied er sich, mit offenen Karten zu spielen. „Wir vermuten, dass er hier auf Borkum in einem Haus in der Luchterstrate ist. Das ist aber nur eine Vermutung, wir haben ihn noch nicht gesehen." Das musste reichen, er wollte ihr nichts von der jungen Frau de Boer sagen und auch nichts davon, dass sie mit Hilfe von Sonja das Haus beobachten wollten. Es bringt nichts, sie unnötig aufzuregen, dachte er.

„Es wird sicher alles wieder gut", versuchte er, sie zu trösten.

„Ach Michael, Du bist so lieb", schluchzte sie. Bring dich nicht unnötig in Gefahr, hörst Du? Lass Andere das machen."

Michael war gerührt. „Ich passe schon auf. Morgen früh rufe ich dich wieder an."

„Tschüss, Michael", sagte Brigitte. Michael hörte, wie sie sich die Nase putzte, dann war das Gespräch beendet.

Bogdan Romanov sah die Nummer auf seinem Handy und drückte auf die grüne Taste.

„Er ist auf der Insel", sagte die bekannte Stimme.

„Weiß ich."

„Ein Haus in der Luchterstrate."

„Ich weiß wo."

„Dann bring es zu Ende. Außerdem hat der Bruder dich erkannt. Du hast ihn wieder verfehlt."

„Waas?"

Ja, so geht das nicht mehr weiter!"
Romanov fasste sich. „Ich bringe es zu Ende."
„Mach das", sagte die Stimme und legte auf.

Sonja ließ keine Zeit verstreichen. Kaum auf der Insel angekommen, machte sie sich ans Werk. Einen Teil der Geräte hatte sie in den Knaakenpad gebracht, was sie in der Luchterstrate brauchte, brachte sie in ihr Pensionszimmer. Die Wirtin war extrem neugierig, da war es gar nicht so leicht, die vielen Koffer und Taschen ohne ihre Kommentare aus dem Auto zu holen.
„Die junge Frau zwei Häuser weiter, ist die hier zu Besuch oder von der Insel?" fragte Sonja, die Gelegenheit beim Schopfe fassend.
„So'ne Blonde mit langen Haaren?"
„Ja."
„Das ist Hertha, Hertha de Boer. Nee, die wohnt hier", erklärte die Wirtin auskunftsfreudig. „Lebt allein. Na ja, wie man das so nennt. Hat jetzt 'nen Kerl vom Festland."
„Aha."

„Der ist aber nicht immer da, und wenn er da ist, sieht man ihn kaum. Komische Verhältnisse sind das."

„Ich dachte nur, sie sieht einer Freundin von mir ähnlich."

„Nee, das ist sie nicht. Ach ja, wenn Sie noch Handtücher brauchen, klopfen Sie einfach."

„Mach ich, vielen Dank." Sie schloss die Tür hinter sich und begann, ihre Geräte auszupacken.

Die nächste halbe Stunde war sie beschäftigt, die Geräte in Betrieb zu nehmen und den Ladezustand der Akkus zu überprüfen. Dann ging sie zu ihrem Auto und hob vorsichtig das Fahrrad heraus. Alles war vorbereitet, sie musste nur noch das Fahrrad in Position bringen und einen kleinen Schalter betätigen, dann konnte die Observierung beginnen.

Sonja schob das Fahrrad die Luchterstrate entlang. Sie musste es so abstellen, dass die Eingangstür des Hauses von Hertha de Boer im Blickwinkel der Kameras war. Gegenüber dem Haus ging eine kleine Straße ab. Mülltonnen standen am Fahrbahnrand, einige Autos waren geparkt. Das Grundstück an der Ecke hatte einen glatten Holzzaun. Er war ungeeignet, denn sie musste das Fahrrad sichern. Nicht auszudenken, wenn es gestohlen wurde. Genau an der Ecke stand eine Laterne. Sie lehnte das Fahrrad dagegen und sicherte es mit einem Stahlseil. Dann schlenderte sie möglichst unauffällig davon.

Im Pensionszimmer überprüfte sie den Empfang von Bild und Ton. Beides war einwandfrei. Sie startete den Rekorder. Jetzt konnte sie nur noch warten.

13

„Ich habe mit Walter gesprochen." Sonja und Robby gingen Durch das abendliche Borkum. Um vielleicht eine Spur des Killers zu entdecken, wie Robby Michael versichert hatte, aber auch, um einmal raus zu kommen. Seine Waffe hatte Robby bei Michael gelassen. Nicht ohne Sorge und mit vielen Ermahnungen, sie möglichst nicht zu benutzen.
„Ich habe ihn angerufen", fügte sie hinzu.
„Oha!"
„Ja, und jetzt geht es mir schlecht."
„Kann ich mir denken. Warum hast Du das denn gemacht?"
„Wegen des Fahrrads."
„Was für ein Fahrr….ach so, klar."
„Er war ganz lieb."
„Mensch, Sonja! Du musst irgendwann mal von ihm loskommen."
„Weiß ich ja." Sie schnäuzte in ihr Taschentuch.
„Robby…"
„Ja?"
„Kannst Du mich mal in den Arm nehmen?"

„Na komm, Kleine." Er drückte sie an sich und tätschelte ihre Schulter. Sie rieb ihren Kopf an seinem starken Arm.

„Das tut gut", seufzte sie.

„Du bist so auf Walter fixiert, dass Du sonst nichts mitkriegst", bemerkte Robby.

„Was soll ich denn mitkriegen?", nuschelte sie.

„Es gibt da jemanden, der ganz offensichtlich in dich verliebt ist."

Sonja machte sich los und sah ihn an. „Echt?"

Robby lachte. „Du hast es wirklich nicht geschnallt."

„Wer denn?"

„Gerd ist schon lange hinter Dir her."

„Gerd Patzoleit? Hab' ich nicht gemerkt."

„Eben. Du bist so auf Walter fixiert, dass kein anderer an dich rankommt."

Sie kuschelte sich wieder an ihn. „Tut mir leid. Vielleicht rede ich mal mit Gerd."

„Weißt Du was?" antwortete Robby. „Jetzt trinken wir mal irgendwo ein Bier. Der Kerl läuft doch um diese Zeit sowieso nicht durch die Gegend." Er sah sich um. Etwa hundert Meter weiter leuchtete eine

Bierreklame. „Sandfloh" stand da zu lesen. Robby deutete auf die Kneipe. „Da gehen wir jetzt rein."
„Ja gut, aber nicht zusammen."
„Wieso denn das?"
„Könnte ja sein, dass unser Typ da drin ist. Geh Du vor."
Robby sah sie zweifelnd an, gab dann aber nach.
„Gut, komm aber gleich nach. Ich lass dich nicht so gerne allein auf der Straße."
Sonja musste lächeln. Seine Fürsorge tröstete sie.
„Also los", kommandierte sie.

Als Robby die Tür öffnete, schlug ihm warme Luft und Bierdunst entgegen. Rasch verschaffte er sich einen Überblick. Links und rechts neben der Eingangstür standen Tische, dicht besetzt mit Gästen. Rechts zog sich eine dicht belagerte lange Theke hin. Links an der Fensterfront standen noch drei oder vier Tische, die alle belegt waren.
Robby ging einige Schritte weiter, blieb stehen, um sich seine Jacke auszuziehen. Einer der Männer, die an dem Tisch links neben der Tür saßen

und Spielkarten in der Hand hielten, streckte den Arm aus und zog an seinem Ärmel.

„Willsu mitspielen?" nuschelte er.

Robby taxierte die Männer. Kantige Typen mit wettergegerbten Gesichtern. Auf dem Tisch lag eine Prinz-Heinrich-Mütze. Einheimische.

„Nehmses ihm nich übel, der hat schon einiges intus", wiegelte einer der anderen Männer ab.

Robby wollte die Hand abschütteln, doch er erkannte seine Chance. „Was spielt ihr denn?" fragte er und beugte sich zu dem Kartenspieler hinunter.

Der war erfreut. Sein Gesicht öffnete sich und er lachte breit. „Skat, aber wennsu mitspielst, spielen wir Doppelkopf."

Robby zog einen Stuhl vom Nachbartisch heran, hängte seine Jacke über die Lehne und setzte sich.

„'N Cent pro Punkt", verkündete der andere. „Ich bin Hinnerk." Er deutete erst auf sich, dann auf seine Kameraden. „Frerk und Jan", sagte er mit ausholender Geste.

„Ich bin Robby", sagte Robby.

„Dann lass mal laufen", dröhnte der Dritte, der bisher nur zugesehen hatte. „'N Bier für Robby", schrie er in Richtung Theke.

Sonja wartete fünf Minuten, dann öffnete auch sie die Tür der Kneipe. Als erstes fiel ihr der Lärmpegel auf, und sie sah, dass kaum noch ein Platz frei war, doch tapfer ging sie hinein. Sie öffnete ihre Jacke, schüttelte ihre kurzen Haare und drängte sich an der Theke vorbei nach hinten.
„Love is a burning ring" tönte es aus einem Lautsprecher.
„Hallo Mäusken, wie isset?", sprach sie jemand an. Die Männer, die um ihn herum standen, grinsten.
„… and it burns, burns, burns, that ring of fire…", sang Johnny Cash.
Einen Moment kämpfte sie mit sich, wollte schon eine scharfe Antwort geben, da besann sie sich. Mit kurzem Blick stellte sie fest, dass an den Tischen nirgendwo ein Platz frei war. Also musste sie sich an die Theke stellen. Sechs Männer standen da in einer Gruppe, alle über fünfzig und offensichtlich angetrunken. Wenn es zu bunt wurde, habe ich immer noch Robby, dachte sie. Der saß an einem Tisch weiter vorne, hielt Karten in der Hand und beobachtete sie vorsichtig.

„Wo seid Ihr denn her", fragte sie.

„Hört man dat nich? Ich bin aus Bottrop. Und Du?"

„Aus Düsseldorf."

„Dat daaf doch nich wahr sein", schrie er. „Hier der Josef is aus Ratingen."

„Bin ich", bekräftigte einer der anderen Männer.

„Und der Jupp", er deutete auf einen älteren Mann mit struppigem Dreitagebart, „is aus Köln."

„Eigentlich habe ich was gegen Düsseldorfer", krähte der, „es sei denn, sie sind weiblich." In dröhnendem Gelächter sah er sich stolz um.

„Jupp fühlt sich in der Wüste, weils hier kein Kölsch gibt", erklärte der Bottroper und rempelte Sonja vertraulich an. „Willst'n Bier oder trinkste nur Alt?"

„'N Bier wär gut", antwortete sie, doch in diesem Moment stellte der Wirt schon ein schäumendes Pils vor sie hin.

„Geht auf meinen Deckel", dröhnte der Bottroper.

Puh, dachte Sonja gerade, als die Tür der Kneipe aufging. Sie hatte das Gefühl, als würde das Blut in ihren Adern gefrieren. Da stand er, Bogdan Romanov, wie aus dem Foto des BKA entsprungen.

Sie sah, dass auch Robby ihn bemerkt hatte, ein leichtes Zucken im Gesicht verriet es ihr.

Sie sah, dass Romanov den Raum und die Gäste lauernd musterte, während er einen Dunklen Mantel langsam auszog

„Was macht ihr denn hier auf Borkum?", fragte sie die Männer. Nur nicht auffallen, dachte sie.

„… Kur, zahlt alles die Krankenkasse", antwortete einer der Männer. Sie hatte vor Aufregung nicht richtig hingehört.

Sie hob lächelnd ihr Glas, wobei sie einem der Männer zuzwinkerte. „Na dann Prost".

„Prost", brüllten alle. „So jung komm' wir nich' wieder zusammen", setzte einer hinzu.

Romanov kam an die Theke, jetzt stand er nur etwa einen Meter von Sonja entfernt. Sie musterte ihn aus den Augenwinkeln. Alles an ihm war Dunkel, stellte sie fest. Dunkler Teint, dunkle Haare, dunkle Kleidung. Er sieht gar nicht übel aus, dachte sie widerwillig.

„Mein Glas ist leer", grölte der Bottroper und machte dem Wirt ein Zeichen.

„Noch eins?" fragte dieser.

„Auf einem Bein kann man nicht stehen."

„… that ring of fire…"
Der Wirt wandte sich an Romanov „Der Herr?"
„Ein Bier"
Sonja meinte, einen südländischen Akzent herauszuhören, war sich aber nicht sicher.
„Kontra und keine Neun", schrie jemand an Robbys Tisch. „Oft spielst Du aber auch nicht."
Sie sah, wie Robby eine zerknirschte Miene machte. Für Sonja war es offensichtlich, dass seine Aufmerksamkeit nicht beim Kartenspiel war.
Romanov sah lauernd um sich. Wie ein wildes Tier, dachte Sonja. Der Wirt stellte ein Glas vor ihn.
„Hört mal, kennt ihr den?" begann einer der Männer einen Witz zu erzählen. Sonja lachte eine Spur zu früh, was den Bottroper irritierte.
Sie sah, wie Romanov das Glas in einem Zug leer trank, einen Schein auf die Theke warf, aufstand, sich den Mantel überwarf und das Lokal verließ.
Sonja machte Robby ein Zeichen, doch der war bereits aufgestanden.
„Ich muss mal für kleine Mädchen", sagte sie zu dem Bottroper, schnappte ihre Jacke und rannte in Richtung Toilette. Auch Robby war aufgestanden.

„Wie kommen wir hier unauffällig raus?", zischte er ihr ins Ohr.

Die Toilettentür führte auf einen Gang, von dem links die Türen zur Damen- und Herrentoilette abgingen. Geradeaus war noch eine Tür. Robby drückte die Klinke, sie öffnete sich zu einem Hof, der von Häusern umstellt war. Einige Türen zu den Häusern waren zu sehen. Auf der linken Seite führte eine enge Gasse zwischen zwei Häusern durch.
„Hierher", zischte Robby.
Sie hasteten den Gang entlang und kamen auf eine Straße, die sie nicht kannten. „Es muss eine Parallelstraße sein", flüsterte Sonja. „Wohin?"
„Wir teilen uns auf. Du links, ich rechts." Er hastete davon.
Sonja lief nach links, bis sie zur Einmündung einer anderen Straße kam. Auf der linken Seite sah sie die erleuchteten Fenster der Kneipe. Geradeaus sah sie eine dunkle Gestalt. Romanov, dachte sie, was macht er da? Sie duckte sich hinter einen Busch. Die Gestalt blieb noch einen Augenblick stehen,

dann kam sie auf Sonja zu. Sie wich zurück, hastete zu dem Durchgang, der zum Hinterhof führte. Kurz darauf sah sie einen dunklen Schatten an der Einmündung, er wandte sich nach links, von ihr weg. Zu blöd, dass ich diese helle Jacke anhabe, dachte Sonja. In großem Abstand folgte sie der Gestalt, die ab und zu stehen blieb und um sich schaute. Für einen kurzen Moment verlor sie den Anschluss, doch sie ging trotzdem vorsichtig weiter. Gut so! Die Gestalt war hinter einem Baum stehen geblieben. Immer wieder hinter sich sehend, verschwand sie in einer kleinen Seitenstraße. Als Sonja die Einmündung erreichte, las sie „Grote Stee". Wo war der Mann? Sonja sah nichts, in der kleinen Straße war es stockfinster. Doch, da hinten ging er. Sonja folgte. Sie sah, wie er, noch einmal eifrig um sich schauend, in einem zweistöckigen Haus verschwand. Sie wartete einige Minuten, dann näherte sie sich dem Haus. „Pension Melkstee" stand groß an der Fassade. Sie entfernte sich schnell und ging zurück zum Knaakenpad.

14

Die Aufzeichnung der in das Fahrrad eingebauten Kamera des Hauses in der Luchterstrate lief. Michael, Sonja und Robby saßen in den Sesseln des Wohnzimmers und starrten auf einen kleinen Monitor, auf dem die meiste Zeit nichts geschah. Ab und zu nippten sie an ihrem Wein- oder Bierglas.
„Immerhin wissen wir jetzt, wo der Kerl untergekrochen ist", gähnte Robby.
„Das hilft uns auch nicht viel", antwortete Michael träge. „Ich bin geneigt, zur Polizei zu gehen und alles weitere ihr zu überlassen."
Auf dem Monitor war ein vorbeifahrendes Auto zu sehen, ein Mann überquerte die Straße, am Haus tat sich nichts.
„Dann musst Du aber auch erklären, woher Du die Informationen hast", gab Sonja zu bedenken. „Lass uns erst mal weitermachen, Onkel Michael."
„Und wenn wir ihn beobachten? Dann wissen wir wenigstens, ob er noch hinter mir her ist."
„Schwer zu machen. Dann müssten wir uns in der Groten Stee auf die Lauer legen. Bei dem Wetter! Außerdem liegt die Pension abgelegen, da gibt es

kaum Möglichkeiten, das unbeobachtet zu machen. Mit dem Fahrrad ginge es, aber dann müssten wir die Beobachtung des Hauses in der Luchterstrate aufgeben."

Auf dem Monitor tat sich was. Eine Person, mehr ein Schatten, bewegte sich seitlich am Haus entlang.

„Ein Mann", behauptete Robby.

„Schwer zu sagen, vielleicht auch nur Frau de Boer", sagte Sonja.

Die Gestalt bewegte sich einige Male hin und her, dann verschwand sie wieder.

Sie sanken wieder in ihre Sessel zurück.

„Ich habe eine Idee", sagte Sonja nachdenklich.

„So?", fragte Michael.

„Wir haben doch den Mobilfunk-Detektor. Damit könnten wir versuchen, die Gespräche des Killers abzuhören."

„Also doch auf die Lauer legen", bemerkte Robby.

„Nein", antwortete Sonja, „den Detektor können wir in einiger Entfernung von der Pension deponieren. Er hat eine Richtantenne, die justieren wir auf das Haus. Die Gespräche zeichnen wir auf. Das sind zwar alle Gespräche, die von der Pension und der näheren Umgebung aus geführt werden, aber auf jeden Fall haben wir unsere Zielperson mit erfasst."

„Dann lass uns das machen", sagte Robby erfreut.

„Kommt gar nicht in Frage", bremste Michael ihren Tatendrang. „So etwas ist in höchstem Maße illegal."

Sonja und Robby sahen sich verdutzt an.

„Chef, wie sollen wir denn sonst an Informationen kommen? Es ist doch eine wunderbare Möglichkeit", sagte Robby.

„Den Pfad der Tugend haben wir sowieso schon verlassen", setzte Sonja schmunzelnd hinzu. Sie konnte die Bedenken Michaels nicht nachvollziehen.

„In was für eine Lage bringt ihr mich da", stöhne Michael.

Plötzlich deutete Robby aufgeregt auf den Monitor. Sie sahen, dass die Tür des Hauses aufging und eine groß gewachsene Gestalt herauskam. Sie war in einen dunklen Mantel gehüllt, der Kragen war hochgeklappt. „Das ist Richard", sagte Michael, angestrengt auf den Bildschirm starrend.

„Sind Sie sicher, Chef?", fragte Robby.

„Ja, ich bin sicher, das ist Richard. Die Art, wie er sich bewegt, ist typisch." Der Mann verschwand schnell aus dem Blickfeld der Kamera.

„Was machen wir nun?", fragte Sonja.

„Ich gehe noch einmal hin und rede mit Frau de Boer", sagte Michael. „Sie muss mich zu meinem Bruder lassen."

„Du kannst den Zugang zum Haus nicht erzwingen", gab Sonja zu bedenken. „Wir könnten aber unsere Überwachung enger ziehen. Ich gehe heute Abend hin und versuche, durch die Fenster etwas zu erkennen. Es muss sein. Wenn ich entdeckt werde, ist es ja wohl auch nicht so schlimm. Immerhin ist es Dein Bruder."

„Na gut, gab Michael nach. Aber was machen wir mit Romanov?"

„Robby deponiert nach Einbruch der Dunkelheit den Detektor in der Nähe seiner Pension. Wir brauchen dann nur ab und zu den Speicherchip zu wechseln, das ist alles. Ich bereite gleich den Detektor vor.

Robby nickte. „Ich suche einen unauffälligen Platz für den Detektor. Die Straße ist ziemlich einsam, da dürfte das kein Problem sein."

„Gut, dann machen wir das so", schloss Michael die Diskussion ab.

Die 'Grote Stee' lag verlassen in der Dunkelheit. Nur wenige Häuser hatten Licht. Robby hielt die Augen auf, als er mit dem großen und schweren Detektor die Straße entlang ging. So, als hätte er ein Ziel, das er zügig erreichen wollte. Rechter Hand lag ein Reitstall. Um diese Zeit brannte dort nur ein einziges Licht, ab und zu war leises Schnauben zu hören. Die Pension lag ganz am Ende der Straße, gegenüber einer Weide, die zum Reitstall gehörte. Hinter der Pension, in der nur einzelne Fenster erleuchtet waren, ging die Straße in einen sandigen Pfad über, der in hügeligem Gelände verschwand. Eine späte Möwe schrie kurz auf, der Wind raschelte durch das Laub unter einer Birke, sonst war nichts zu hören. Die Tür eines der Häuser wurde geöffnet, für kurze Zeit wehte Musik aus einer Stereoanlage herüber.
Robby ging an der Pension vorbei auf den Sandpfad. Hier standen Ginsterbüsche, die stellenweise ein undurchdringliches Gestrüpp bildeten. Ideal für

den Detektor, dachte Robby. Er zwängte sich durch einige Büsche, positionierte den Detektor so, dass die Richtantenne auf die Pension gerichtet war, öffnete eine Klappe und schaltete ihn an. Sorgfältig schloss er die Klappe wieder. Es durfte kein Regen in das Gehäuse dringen. Dann trat er aus dem Gebüsch heraus und leuchtete mit einer kleinen Stablampe auf die Stelle, wo er das Gerät deponiert hatte. Mit dem Ergebnis zufrieden entfernte er sich schnell.

15

Die Luft war klar und kalt, als Sonja sich dem Haus in der Luchterstrate 26 näherte. Es war früh dunkel geworden, jetzt um kurz vor sechs war es wie in finsterer Nacht. Für heute Abend war schlechtes Wetter angekündigt, Regenschauer und schwere Sturmböen. Doch noch fiel kein Tropfen aus den schwarzen Wolken.

In der Hand hielt Sonja einen Infrarotscanner, mit dem sie feststellen wollte, ob an dem Haus ein oder mehrere Bewegungsmelder angebracht waren. Das Display des Scanners glimmte, noch zeigte es nichts an. Sie überlegte, ob sie sich dem Haus von hinten nähern sollte, doch sie wusste, dass dort bebaute Grundstücke waren. Also musste sie im Licht der nicht weit entfernten Laterne das Grundstück betreten. Das Haus war erleuchtet, am Eingang brannte aber keine Lampe. Sie öffnete das Tor zum Grundstück, wobei sie den Scanner beobachtete. Noch kein Signal. Der schmale Weg bis zur Eingangstür war etwa fünfzehn Meter lang, links und rechts war er mit Stauden bepflanzt, einige höhere Büsche standen direkt hinter dem Tor.

Sorgfältig den Scanner beobachtend ging sie nach rechts Durch die Bepflanzung. Dahinter war kurz geschnittener Rasen. Nach wenigen Schritten konnte sie seitlich am Haus vorbeisehen. Auch hier war Rasen, nur am Zaun, der das Grundstück umschloss, standen Büsche. Vorsichtig schlich sie zur Hausecke, zwei Fenster im Erdgeschoss waren erleuchtet. Sie sah keine Gardinen. Zögernd näherte sie sich den Fenstern.

Plötzlich glühte das Display des Scanners auf. Sonja sah erschrocken hin. Sollte hier an der Seite ein Bewegungsmelder sein? Dann müsste der Scanner einen diffusen Strahl zeigen, was er aber nicht tat. Sie schaltete auf Frequenzauflösung. Ein scharfer, auf und ab flackernder Peak erschien. Sonja erschrak heftig. Sie wusste sofort, um was es sich da handelte. Ein Infrarotlaser, ging es ihr panikartig durch den Kopf. Und was der bedeutete, war ihr auch klar: Ein Zielfernrohr mit Nachtsichtbeleuchtung! Der Killer war da! Jetzt nur nicht zeigen, dass ich ihn bemerkt habe, dachte sie, während ihr Gehirn wie von allein alle Möglichkeiten durchspielte. Es war zu gefährlich, sich im Bereich des Schussfeldes aufzuhalten, also trat sie langsam

den Rückzug an. Ihr stockte der Atem, als sie sich umdrehte und über den Rasen zum Tor ging. Jederzeit konnte ein Schuss fallen. Was würde der Killer jetzt tun? Natürlich war er nicht wegen ihr hier, das war klar. Er konnte ja nicht wissen, dass sie in der Dunkelheit um das Haus schleichen würde. Also war Richard Tegmark sein Ziel. Vielleicht konnte er ihn durch das Fenster sehen, dann wäre er jetzt in höchster Gefahr. Was tun? Sonja entschloss sich schnell. Richard Tegmark durfte nicht ans Fenster. Sie ging zur Haustür und klingelte. Ungeduldig wie sie war, dauerte es viel zu lange, bis jemand reagierte. Hinter der Haustür flammte Licht auf. Die Tür wurde einen Spalt geöffnet.
„Ja bitte?", sagte eine brüchige Frauenstimme.
„Frau de Boer?"
„Ja, was ist?"
„Ich bin Sonja Nilsson, eine Mitarbeiterin von Michael Tegmark. Hier draußen läuft ein Schwerverbrecher herum, der es auf Richard abgesehen hat. Bitte schließen Sie die Gardinen an den Fenstern. Sofort bitte. Ich warte hier."
Der Türspalt öffnete sich etwas weiter. „Ich...ich verstehe nicht. Ich..."

„Bitte tun Sie es sofort, ich versichere Ihnen, es ist wirklich dringend."

Die Tür wurde geschlossen. Schritte entfernten sich. Dann hörte Sonja, wie ein Rollo herunter gelassen wurde. Sonja wartete.

Nach einer Weile hörte sie flüsternde Stimmen. Zwei Schatten näherten sich der Tür. Wieder wurde sie einen Spalt breit geöffnet.

„Wie kommen Sie darauf, dass Richard hier ist?" Diesmal klang die Stimme fester.

„Wir wissen es, Frau de Boer. Wir wollen Sie auch nicht bedrängen. Bitte sagen Sie Richard, dass sein Bruder hier ist, und dass er und Richards Frau sich große Sorgen machen. Auf der Insel befindet sich ein Berufsverbrecher, der Richard sucht. Nach allem, was wir wissen, will er ihn töten. Er befindet sich also in höchster Gefahr."

„Einen Moment", sagte die Stimme. Die Tür schloss sich. Sonja hörte aufgeregte, geflüsterte Stimmen. Dann öffnete sich die Tür wieder.

„Ich kann Ihnen nichts weiter sagen." Die Stimme klang sorgenvoll. „Bitte gehen Sie."

Sonja wollte etwas entgegnen, doch die Tür wurde wieder geschlossen. Sie hörte Schritte, die sich entfernten. Dann wurde das Licht ausgeschaltet.
Sonja war verwirrt. Was nun? Der Kerl konnte hier immer noch herumlungern und auf seine Chance warten. Sie ging vorsichtig zur Hausecke und starrte in die Dunkelheit. Außer dem Wind war nichts zu hören. Sie ging langsam weiter bis zum Zaun des Grundstücks. Verrückt, was ich hier mache, dachte sie, doch sie ging weiter. Raschelte da nicht etwas? Sie überlegte, ob sie ihre kleine Stablampe benutzen sollte, doch dann entschied sie sich anders. Sie konnte hier nichts mehr tun, also ging sie zurück zum Tor und verließ das Grundstück.

Als sie das Haus im Knaakenpad betrat, hörte sie schon im Flur quäkende Stimmen. Im Wohnzimmer traf sie auf Michael und Robby, die den Geräuschen lauschten, die aus dem kleinen Lautsprecher von Michaels Laptop kamen. „Ich habe den Chip aus dem Monitor geholt", erklärte Robby kurz.
„Und?", fragte Sonja.

„Bisher nichts. Jedenfalls nichts, was wir Romanov zuordnen könnten."

„Der war heute Abend auch nicht in der Pension", erklärte Sonja.

„Woher weißt Du das?", fragte Robby verwundert.

Sonja erzählte, was sie erlebt hatte. Als sie fertig war, ging Robby in die Küche und kehrte mit einem Teller, auf dem belegte Brote lagen, wieder zurück. Michael ging zum Schrank, nahm ein Weinglas heraus und goss aus einer auf dem Tisch stehenden Flasche ein.

„Ich habe das Gefühl, die Sache wächst uns über den Kopf", sagte er.

„Wieso denn?", ereiferte sich Sonja. „Bisher haben wir doch alles im Griff. Wir müssten nur noch an Richard rankommen. Aber der wird von Frau de Boer abgeschirmt. Ich werde gleich mal in meine Pension gehen und die von dem Fahrrad aufgezeichneten Bilder holen. Vielleicht sehen wir etwas."

„Trotzdem", beharrte Michael. „Lange können wir nicht so weiter machen. Ich gebe uns noch ein, zwei Tage, dann schalte ich die Polizei ein." Michael war müde und abgespannt. Was sollte er noch hier. Richard wollte nicht mit ihm reden, er hatte sicher seine Gründe dafür. Er begab sich und seine zwei Mitarbeiter nur unnötig in Gefahr.

„Ich sollte noch einen Versuch unternehmen, mit Richard zu sprechen", sagte er resigniert. „Wenn das nicht klappt, dann gebe ich es auf. Es ist doch nicht unsere Aufgabe, hinter einem polizeibekannten Schwerverbrecher herzujagen."

„Ich frage mich auch, warum Richard nicht mit uns reden will", sagte Sonja. Er kann doch annehmen, dass wir auf seiner Seite sind, was immer er angestellt haben mag." Sie nahm einen Schluck Wein. „Warum rufst Du ihn nicht einfach an, Michael? Es kann nicht schaden, es noch einmal zu probieren."

Michael sah sie zweifelnd an. „Schaden kann es wirklich nicht", murmelte er und nahm den Hörer.

„Guten Abend Frau de Boer", sagte er, als am anderen Ende abgenommen wurde. „Hier ist Michael Tegmark. Nein … nein, legen Sie bitte nicht auf. Frau de Boer, wir, das heißt meine Mitarbeiter und ich, wissen, dass Richard in Ihrem Hause ist. Wir könnten zur Polizei gehen und ihr alles weitere überlassen, aber ich vermute, dass Richard das nicht recht wäre. Sagen Sie ihm, sein Bruder möchte ihn sprechen, nur kurz wenigstens. Ich bitte Sie."

Michael hörte, wie die Muschel zugehalten wurde. Leise Stimmen waren zu vernehmen, die er aber nicht verstehen konnte. Dann war der Hörer wieder frei. Jemand atmete gepresst.

„Michael?" Die Stimme war kaum zu verstehen. Michael lauschte angestrengt.

„Richard! Endlich! Was ist mit Dir?"

„Michael. es geht mir nicht gut. Wer ist bei Dir?"

„Nur Sonja und Robby. Sie passen auf mich auf. Jemand hat versucht, mich zu erschießen."

„Das überrascht mich nicht. Ich muss mit Dir reden, mit Dir allein. Aber nicht am Telefon. Morgen Abend. Achtzehn Uhr. Heimliche Liebe. Aber nur Du allein." Es knackte, als Richard auflegte.

Michael legte den Hörer auf den Tisch und schlug die Hände vor das Gesicht.

„Mein Gott", stöhnte er, „in was ist er da nur hineingeraten." Er überlegte, ob er seinen Mitarbeitern von dem Treffpunkt erzählen sollte. Er entschied sich dafür, denn er wollte nicht ganz allein dorthin gehen. Heimliche Liebe, das war ein umgebauter Geschützbunker aus dem zweiten Weltkrieg, an dem sich die Soldaten heimlich mit den Mädchen des Ortes trafen. Jetzt war dort ein Restaurant mit herrlichem Meerblick. Es war von Dünen umgeben, nicht weit davon war der Südstrand, einer der Badestände Borkums. Ein gut gewählter Ort, wenn man sich ungesehen treffen wollte.

Sonja legte ihm mitfühlend den Arm um die Schulter. „Morgen Abend wissen wir mehr, Onkel Michael."

Michael war dankbar für diese Zuwendung. „Ich schlafe schon nicht mehr richtig, wache nachts öfter auf und grübele. Was ist nur mit Richard los. Warum hat er sich mir nicht gleich anvertraut, wir hatten doch immer ein gutes Verhältnis zueinander. Wir haben uns gut ergänzt. Er war immer der frechere, wagemutigere, während ich eher vorsichtig, bedächtig bin. Manchmal dachte ich, ich wäre feige, aber es ist wohl einfach dem unterschiedlichen Charakter zuzuschreiben. Ich hoffe sehr, es passiert ihm nichts. Sonja, hol Du bitte den Stick mit den Ergebnissen der Fahrrad-Überwachung, wir sehen sie hier gemeinsam an. Und Du, Robby,

tauscht den Speicherchip des Monitors aus, vielleicht erfahren wir, was Romanov vorhat."
Sonja nickte zustimmend. „Es soll Sturm kommen, heute Abend schon. Ich werde das Fahrrad in Sicherheit bringen müssen, am besten stelle ich es in den Transporter. Den Stick bringe ich mit, wir können die Bilder hier ansehen. In zwanzig Minuten bin ich zurück.
Auch Robby machte sich auf den Weg zur Grote Stee. „Gehen Sie nicht ans Fenster, Chef", sagte er sorgenvoll zu Michael.
Dann schlossen Sonja und Robby die Haustür hinter sich.

16

Hilke Burmeester lag wach in ihrem Bett, obwohl es schon mitten in der Nacht war. So ging ihr das oft, seid ihr Mann vor einigen Jahren viel zu früh gestorben war. Er fehlte ihr immer noch und sie konnte sich nicht daran gewöhnen, allein zu leben. Mit ihren achtundfünfzig Jahren hätte sie durchaus eine neue Beziehung aufbauen können. Sie war keine Schönheit, sah aber noch ganz passabel aus, doch einen Mann, mit dem sie hätte zusammenleben wollen, hatte sie seitdem nicht getroffen. Sie kümmerte sich aufopferungsvoll um Richard Tegmarks Haus, was umso wichtiger war, als er seit letztem Jahr viel häufiger auf Borkum war als davor. Allerdings hatte er nicht mehr so viel Zeit für sie wie früher, als er sich oft mit ihr unterhielt. Sie erinnerte sich auch gerne an die Abende mit ihm und einem Glas Rotwein, oder die Wochenende mit den Kindern, die Leben in beide Häuser brachten. „Tante Burmeester", wie die Kinder sie nannten, buk ihnen und der ganzen Familie öfter einmal „Waweltjes", das typische Borkumer Gebäck, das nicht nur die Kinder so sehr liebten. Seufzend sah sie durch das Fenster in den mondbeschienenen Himmel. Eine schöne Nacht, dachte sie, wenn sie nur nicht immer so grübeln müsste. Sie schloss die Augen und hoffte, bald einschlafen zu können, als Bo, ihr Boxerrüde, unruhig wurde. Das musste nichts bedeuten, es schlich immer mal eine Katze ums Haus, aber Bo stand von seinem Lager auf, schnüffelte in die Luft und kam zu ihr, als wollte er sagen, lass mich mal raus, da ist wer.

„Ruhig, Bo", beruhigte sie ihn, lauschte aber jetzt auch nach draußen.

Ein Licht huschte für einen kurzen Moment über die Scheibe des Schlafzimmerfensters. Jetzt war sie alarmiert.

Bo sah sie auffordernd an, ein tiefes Knurren in der Kehle.

Mühsam rappelte sie sich hoch und stieg aus dem Bett. Vorsichtshalber leinte sie Bo an. Wenn sie nun die Tür öffnete, rannte Bo sicher sofort hinaus. Wenn es nur eine Katze war, weckte er die ganze Nachbarschaft auf. Der Hund zog sie zur Terrassentür. Etwas ängstlich folgte sie ihm. Sie öffnete die Tür. Gleichzeitig mit Bo's lautem Gebell bemerkte sie eine Gestalt, die im hinteren Teil der beiden Gärten davonlief. Die Terrassentür von Richards Tegmarks Haus öffnete sich, der kräftige Herr Jungnickel, der sich nur Robby nannte, erschien. Er lief zu der sich entfernenden Gestalt, die aber bald darauf nicht mehr zu sehen war. Hilke Burmeester stand zitternd auf ihrer Terrasse, ihren Hund, der aufhörte zu bellen, als er Robby sah, konnte sie nur mühsam zurückhalten.

Michael schreckte auf. Stöhnend schaute er zum Wecker. 3:32 Uhr. Er war früh zu Bett gegangen, während sich Sonja und Robby noch die Bilder der Fahrradüberwachung ansahen und die Telefongespräche aus der Grote Stee anhörten. Das Haus war still, kein Laut war zu hören, nicht einmal das schon vertraute Knacken der Balken. Von draußen kam schwaches, diffuses Licht. Sollte es nicht regnen und stürmen?", dachte Michael. Von seinem Bett aus konnte er den Himmel sehen, er war klar und mondhell. Doch woher kam seine Bedrückung? Ein Schatten huschte über das Fenster. Da, jetzt zeichnete sich eine Gestalt ab, die jedoch schnell wieder verschwand. Michael gefror das

Blut in den Adern. Da war jemand, der versuchte, ins Zimmer zu sehen. Vom Fenster aus war das sicher schwierig, das Zimmer war Dunkler als das mondbeschienene Fenster. Jetzt flammte Licht auf, ein zitternder Punkt an der Wand über dem Bett erschien. Michael rutschte an die Bettkante und ließ sich langsam auf den Boden gleiten. Dann robbte er zur Tür. Der Lichtpunkt wanderte über das Bett, blieb für einige Sekunden auf dem Kopfkissen stehen und wanderte dann weiter. Michael öffnete vorsichtig die Tür. Geräuschlos, wie er dachte, doch der Punkt bewegte sich plötzlich ebenfalls in seine Richtung, konnte ihn aber nicht erreichen, da er im toten Winkel war. Michael öffnete hastig die Tür zum Kinderzimmer, fand dort aber Sonja in tiefem Schlaf. Robby hatte ihr das Bett überlassen und schlief im Wohnzimmer auf der Couch, wie sich Michael erinnerte. GeDuckt hastete er ins Wohnzimmer, wo Robby gerade aufgewacht war und ihm aufmerksam entgegenblickte. „Da ist jemand mit einer Lampe an meinem Fenster", flüsterte Michael. Robby nahm sich gar nicht erst die Zeit, sich anzuziehen. Er griff auf den Stuhl und nahm seine Waffe. „Bleiben Sie hier auf dem Teppich liegen, Chef", zischte er, wobei er sich schon in Richtung Terrassentür bewegte. Vorsichtig drehte er den Hebel der Tür, dabei unablässig nach draußen schauend.

Plötzlich ertönte Hundegebell. Dann hörten sie Frau Burmeesters Stimme. „Ist dort jemand?", rief sie. Robby nahm einen Schatten im hinteren Bereich des Gartens war, der plötzlich größer wurde, dann aber ganz verschwand. „Er ist über den Zaun gesprungen", knurrte er. „Ich wette, der ist weg."

Michael begann zu zittern, als Robby die Fenster öffnete und die Fensterläden schloss. „Hätten Sie im Schlafzimmer auch machen sollen", sagte er tadelnd zu Michael.

Inzwischen war Sonja wach geworden und kam ins Wohnzimmer, sich die Augen reibend. „Was'n los?", fragte sie schlaftrunken.

„Jemand hat ins Zimmer des Chefs geleuchtet, erklärte Robby.

„Wer denn? Romanov?"

„Wer sonst? Ich gehe mal raus und sehe nach", sagte Robby.

„Muss das sein?", sorgte sich Sonja.

„Ja, ich will sicher sein, dass er weg ist." Er nahm eine große Stablampe, ging in den Garten und leuchtete in jede Ecke. Von Romanov keine Spur. Frau Burmeester stand im Nachthemd auf ihrer Terrasse, Bo an der Leine. Der Hund bellte. Robby ging zu ihr hin und sprach sie an. Er sah, dass sie zitterte. Bo hörte auf zu bellen. „Hier ist jemand herumgeschlichen, aber jetzt ist er weg. Wird wohl nicht zurückkommen", sagte er beschwichtigend. Bo winselte.
„Ein Einbrecher?", fragte Frau Burmeester ängstlich.
Robby konnte sich denken, wer das war, aber er wollte die Frau nicht beunruhigen. „Wohl eher nicht. Jedenfalls ist er jetzt weg. Schließen Sie alle Türen und Fenster. Außerdem haben Sie ja den Hund. Wenn Sie Angst haben, rufen Sie uns, wir kommen sofort." Er schob sie in ihr Haus und wartete, bis sie die Tür geschlossen hatte. Dann ging er zurück zu Michael und Sonja. Er schloss sorgfältig die Terrassentür, nicht ohne auch hier die Fensterläden zu schließen. „Ich schlage vor, wir schlafen noch ein paar Stunden, der Kerl kommt

bestimmt nicht wieder." Sonja und Michael stimmten ihm zu.

„Hat Eure Auswertung etwas ergeben?", wollte Michael noch wissen..

„Nicht viel", antwortete Robby. Er hat eine SMS empfangen, die können wir aber nicht lesen. Sonst war nichts."

„Auf dem Video des Fahrrads war nichts von Bedeutung zu erkennen. Ein oder zwei Mal Frau de Boer, Richard blieb eisern im Haus. Durch das Treffen heute Abend hat sich die Überwachung ja wohl ohnehin erübrigt", ergänzte Sonja.

Michael lag wach in seinem Bett und lauschte dem Regen, der nun doch gekommen war. Das Prasseln gegen die Fensterläden klang einschläfernd, doch er fand trotzdem keine Ruhe. Die Ereignisse dieser Nacht bestärkten ihn in seinem Entschluss, die ganze Sache der Polizei zu übergeben. Ich sollte mit Bernhard telefonieren, dachte er. Aber der würde ihm mit Sicherheit ebenfalls dazu raten, die weiteren Ermittlungen der Polizei zu überlassen. Wenn er daran dachte, wie knapp er bereits zwei

Mal dem Tod entronnen war, wurde ihm schwindelig. Sonja und Robby taten ihr Bestes, aber sie hatten eben doch nicht die Mittel der Polizei. Ich werde mir Richard anhören, und dann entscheiden, entschloss er sich. Seufzend drehte er sich im Bett herum, wissend, dass er bis zum Morgen nicht würde schlafen können.

Am nächsten Morgen war der Sturm da. Die Bäume bogen sich, Sand und Gischt wurden über die Häuser und Dünen geweht, und in dem alten Kamin heulte es. Der Regen trommelte wütend auf die Fenster. Wer jetzt draußen nicht Wichtiges zu tun hatte, blieb zu Hause. Robby kochte einen heißen Tee und empfahl, erst einmal nichts zu tun. Michael, der im Morgengrauen doch noch eingeschlafen war, kam erst um halb zehn schlaftrunken aus seinem Zimmer und setzte sich im Morgenmantel ächzend an den Frühstückstisch. Dankbar schlürfte er seinen Tee. Er hatte Kopfschmerzen.
„Leg dich noch ein bisschen hin, Onkel Michael", empfahl ihm Sonja. „Robby und ich gehen noch einmal alle Aufzeichnungen durch, vielleicht ha-

ben wir ja etwas übersehen. Hoffentlich übersteht der Monitor diesen Sturm."

Michael krächzte nur. Ein wenig Ruhe würde ihm gut tun.

„Heute Abend gehe ich aber alleine zur Heimlichen Liebe", sagte er.

Robby reagierte heftig. „Kommt gar nicht in Frage. Das ist viel zu gefährlich."

„Aber Richard will es so", verteidigte sich Michael.

„Kann sein, dass er seine Gründe hat, Onkel Michael", mischte sich Sonja ein, „aber Robby hat recht, es ist einfach zu gefährlich."

Michael gab schnell nach. Er fühlte sich dort oben am Strand einfach zu exponiert. Bisher hatte Romanov sie immer gefunden. Ein bisschen zu schnell gefunden, dachte er, aber er sprach es nicht aus. Er wollte keinen zu ängstlichen Eindruck machen.

„Also gut, ich lege mich jetzt hin. Aber weckt mich bitte früh genug, ich möchte mich in Ruhe auf das Treffen mit Richard einstellen."

Er legte sich angezogen auf das Bett und versuchte, einzuschlafen. Doch seine Gedanken, die in

seinem Kopf rasten, ließen es nicht zu. Der Wind zerrte wutentbrannt an den geschlossenen Fensterläden, nur der Regen rauschte gleichmäßig.
Als er gerade doch noch eingeschlafen war, rief Brigitte an und wollte wissen, ob es etwas Neues gäbe. Michael berichtete von seinem Telefonat mit Richard und seiner Verabredung an der Heimlichen Liebe.
„An der Heimlichen Liebe?", fragte Brigitte schrill.
„Ja, die Heimliche Liebe ist …."
„Ich weiß, wo die Heimliche Liebe ist." ihre Stimme klang nervös. „Warum dort? Warum kommt er nicht einfach zu Dir?"
„Ich weiß es nicht, Brigitte", antwortete Michael. „Er scheint aber zu wissen, dass jemand hinter ihm her ist."
Brigitte begann zu weinen. „Sag ihm, er soll mich anrufen … oder er soll zurückkommen. Ach, ich weiß auch nicht. Ruf mich auf jeden Fall an, wenn Du mit ihm gesprochen hast."
„Natürlich, ich melde mich sofort bei Dir."
„Soll ich nach Borkum kommen?"

„Wenn Du willst, kannst Du kommen. Aber was ist mit den Kindern?"
„Ja, Du hast Recht. Aber wenn es sein muss, komme ich."
„Wir werden sehen, lass mich erst mit Richard reden."
„Tschüss Michael", schniefte sie.
Michael beendete das Gespräch

Bogdan Romanov fror. Schon seit Stunden saß er in seinem Auto, das er auf dem Parkplatz im Zentrum geparkt hatte. In einem Elektrogeschäft hatte er zwei starke Taschenlampen gekauft, und zwei Mal war er in ein nahe gelegenes Café gegangen, um sich aufzuwärmen, doch er war sofort wieder zurück zum Auto gegangen, um nicht aufzufallen oder zufällig erkannt zu werden. Sie wissen, wer du bist, hatte die Stimme am Telefon gesagt. Woher wusste er das? Aber er hatte ihm auch gesagt, dass Richard Tegmark um 18:00 Uhr am Restaurant Heimliche Liebe sein würde. Also hatte er aus der Pension ausgecheckt, was völlig problemlos war, seinen Mietwagen auf diesen Parkplatz gestellt, wo er nicht auffiel, und seinen Kontaktmann in Emden angerufen. Er würde, nachdem er seinen Auftrag ausgeführt hatte, vom Flugplatz abgeholt werden. Wie sie das machten, war ihm egal, Hauptsache, es klappte. Verdammte Kälte, brummte er und zog seinen Mantel fester um sich. Der Wagen rüttelte im Sturm, gelegentlich prasselte ein Schauer aufs Dach. Gutes Wetter, um Neugierige fernzuhalten, dachte Romanov. Noch zwei Stunden, dann hatte die Warterei ein Ende.

17

Zehn nach fünf. Romanov ging mit hochgeklapptem Mantelkragen in Richtung Heimliche Liebe. Wie ein Spaziergänger, damit er nicht auffiel. In diesem Wetter war das kein Kunststück, es war niemand auf der Straße zu sehen. Nach wenigen Minuten lag die Heimliche Liebe als ein dunkler unbeleuchteter Klotz vor ihm. Aufmerksam beobachtete er die Umgebung. Niemand war zu sehen, eine einsame Fahne knatterte laut im Wind. Er ging vor bis zum Strand. Das Meer toste, Schaumfetzen flogen bis auf die Promenade. Romanov blickte nach links und rechts. Von wo wird er kommen? Rechts von ihm erstreckte sich die offene, von der Gischt nasse Promenade. Links mündete die Promenade in einen Weg, der sich um die Ecke des Restaurants bog und zum Südstrand führte. Der Wind pfiff, Sand und Gischt versprühend, um die Ecke. Direkt hinter dem Gebäude erhob sich eine Düne, an ihren Fuß hatte der Wind ein verwittertes Holzboot geweht. Ein ideales Versteck. Romanov sah es sich an. Er bückte sich. Hinter dem Boot erhob sich nach einem halbem

Meter die Düne. Hier war er geschützt und konnte auf sein Ziel warten. Nun war es stockdunkel. Er konnte das Gebäude nur noch schemenhaft erkennen. Nach einigen Minuten wurde es unbequem. Der Wind war hier zwar nicht so stark, aber vom Dünenkamm wehte ohne Unterlass Sand auf ihn herab. Vorsichtig drückte er mit der rechten Hand auf die Tasche seines Mantels. Die Pistole durfte nicht zu viel Sand abkriegen. Eigentlich hätte er jetzt den Schalldämpfer aufschrauben müssen, aber dann drang der Sand überall ein. Er beschloss, die Pistole erst im letzten Moment aus der Tasche zu nehmen.

Nach weiteren Minuten sah er nur noch schlecht, in immer kürzeren Abständen musste er sich den Sand aus den Augen wischen.

Da sah er eine Gestalt. Sie bewegte sich an der Mauer des Restaurants entlang und kam genau auf ihn zu? War es Richard Tegmark? Romanov konnte nichts erkennen, die Taschenlampe wollte er nicht benutzen.

Immer näher kam die Gestalt. Nun war sie schon fast vor dem Boot. Romanov erhob sich.

„Richard?", fragte er.

„Michael, bist Du es?", antwortete die Gestalt.
„Richard Tegmark?", fragte er noch einmal laut, wobei er die Pistole aus der Tasche nahm und entsicherte. Die Gestalt stand keine zwei Meter vor ihm.
„Was...wer... sind Sie?" fragte die Gestalt, unsicher geworden.
Romanov drückte ab. Die Gestalt zuckte und brach zusammen. Zur Sicherheit drückte er noch einmal ab. Dann ging er zu dem zusammengesunkenen Körper, um zu prüfen, ob er seinen Job perfekt gemacht hatte.
Hinter ihm ertönte eine Stimme. Was zum Teufel... dachte Romanov, doch dann trat er hinter den Toten, hob ihn an den Armen hoch und zog ihn zum Boot hin. So würde man ihn nicht so leicht finden.
Die Stimme kam näher. Romanov drehte sich um und sah eine massige Gestalt auf ihn zukommen. Geduckt rannte er auf den Weg und von der Gestalt fort. Niemand folgte ihm.

Der Sturm hatte etwas abgeflaut, als Michael, Sonja und Robby das Haus verließen, um zur Heimlichen Liebe zu gehen, doch er heulte noch immer um die Hausecken und durch die kahlen Bäume. Es regnete nicht mehr, und der helle Mond wurde nur ab und zu durch eine jagende Wolke verdeckt. Alle schwiegen, als sie mit hochgezogenen Kragen den kurzen Weg durch die dunklen Straßen zur Heimlichen Liebe gingen.

Auf der Strandmauer konnte man kaum stehen, und sie mussten dem Meer den Rücken zukehren, um nicht durch die immer wieder emporschäumende Gischt durchnässt zu werden. Sie waren über fünfzehn Minuten zu früh, Zeit genug, sich in der Umgebung des Restaurants umzusehen.

„Lasst mich allein mit ihm reden", brüllte Michael. Im tosenden Sturm war er nur schwer zu verstehen. Sonja und Robby zogen sich in eine Nische des Restaurants zurück und warteten. Die Minuten verstrichen nur langsam, der Wind blies unter die Regenjacken und ließ sie frösteln.

„Wird Zeit, dass er kommt", schrie Robby Sonja ins Ohr. Sie sahen Michael im Sturm stehen, von einem Bein auf das andere tretend.

Die Minuten vergingen. Es war schon nach sechs. Niemand kam.

„Nur nicht die Geduld verlieren", rief Michael mit klappernden Zähnen. Niemand hörte ihn.

Weitere zehn Minuten vergingen.

„Lass uns mal ums Haus gehen", sagte Robby Sonja ins Ohr.

„Ok", willigte sie ein, „Du links, ich rechts."

Beide zogen ihre Taschenlampen hervor.

Die Heimliche Liebe war ein Komplex, bestehend aus einem Restaurant und einem angebauten Flügel mit Ferienwohnungen, eingebettet in eine Randdüne. Robby ging zunächst zur Strandpromenade, wandte sich dann links zu einem Weg, der zum Südstrand der Insel führte. Er leuchtete mit seiner starken Lampe die Fassaden der Ferienwohnungen ab, die hier mit großen Fenstern dem Meer zugewandt waren. Kein Fenster war erleuchtet. Der Weg, auf den der Sturm hohe Sandhaufen geweht hatte, führte an den Wohnungen vorbei, leicht geneigt zum Strand. Robby leuchtete in Richtung der Brandung, doch seine Lampe war zu schwach, um das Wasser zu erreichen. Er wandte sich weiter nach links, wo die Düne mit ihrem Ausläufer hinter den Ferienwohnungen anstieg. Auf der rechten Seite sah er einen Dünenabbruch, offenbar vom Sturm verursacht. Hier lagen einige angewehte Plastiktüten, etwas weiter lag ein halb umgekipptes Boot, davor ein dunkler Gegenstand. Ein Sack, dachte Robby, und leuchtete achtlos darüber, denn er meinte, eine Bewegung wahrgenommen zu haben. Aber da war niemand. Noch einmal leuchtete er in Richtung des Bootes. Wieder fiel das Licht der Lampe auf den Gegenstand vor dem Boot. Nein, das war kein Sack! Robby näherte sich dem Gegenstand schnell, seine Lampe darauf haltend. Das war ein Mensch! Als er heran war, hatte er Gewissheit. Das war Richard, Michaels Bruder. Er lag halb auf der Seite, den Kopf auf dem linken Arm, die Augen starrten weit geöffnet in die Lampe. Robby hielt ihn für tot, doch da bewegte er die Beine und versuchte den Kopf zu heben. Schnell bückte sich Robby und hob seinen Kopf. „Ganz ruhig", sagte er. „Ganz ruhig, ich hole Hilfe."

Er lief schnell um den Rand der Düne bis er Michael in etwas zwanzig Meter Entfernung sehen konnte. „Hierher", schrie er aus voller Kraft, „hierher! Richard ist hier." Der Wind kam ihm entgegen, er wusste nicht, ob er gehört worden war. Schnell ging er zurück zu Richard. Er nahm sein Telefon aus der Tasche und wählte die Notrufnummer. „Wir brauchen dringen einen Notarzt. Heimliche Liebe."
„Von wo rufen Sie an?", fragte eine Stimme.
„Borkum, Heimliche Liebe", schrie Robby ungeduldig ins Telefon.
Von links näherte sich jemand. Robby bereitete sich schon auf einen Angriff vor, doch es war Sonja, die seine Rufe gehört hatte.

Sonja lief die Eingangsfront des Restaurants entlang, in dem kein Licht brannte. Die Front wurde durch eine Mauer verlängert, hinter der Mülltonnen standen. Sie lief über den angrenzenden kleinen Parkplatz und wandte sich nach rechts auf einen Sandweg, der zu den Eingängen der Ferienwohnungen führte. Hier, an der windabgewandten

Seite, war von dem Sturm kaum etwas zu spüren, nur das Tosen des Meeres übertönte alle anderen Geräusche. Sie lief den Weg entlang, wobei sie mit ihrer Lampe alle Eingänge und Nischen ableuchtete. Dort, wo der Weg zu Ende war, stieg der Ausläufer der Düne sanft an. Sonja leuchtete an ihr hoch. Außer Sandfahnen, die der Sturm über den Kamm wehte, war nichts zu sehen. Um einen besseren Überblick zu haben, stieg sie die Düne hoch. Ihre Schuhe versanken im Sand, und zwischen ihren Zähnen knirschte es.

Da hörte sie einen leisen Laut. Sie konnte Robbys Stimme erkennen, aber nicht, was er rief. Immer wieder im Sand abrutschend, stieg sie über den Kamm des Dünenausläufers. Beim Hinuntersteigen fiel sie hin, rutschte aber auf dem Hosenboden weiter.

Sie sah die dunkle Gestalt Robbys, die auf einen größeren, am Boden liegenden Gegenstand zuging. Als sie näher kam, wandte er sich ihr erschrocken zu.

„Was ist los?", keuchte sie.

Robby zeigte auf das dunkle Bündel am Boden.

„Oh mein Gott", stöhnte Sonja. Doch sie fing sich schnell. „Lebt er noch?"
„Ja. Der Rettungswagen ist schon alarmiert."
Sonja beugte sich zu Richard hinunter. „Onkel Richard, ich bin Sonja. Kannst Du sprechen?"
Richard versuchte, den Kopf zu heben. Sonja unterstützte ihn mit ihrer Hand, wobei sie sich in den Sand setzte, um mit dem Ohr näher an seinen Mund zu kommen. Sie lauschte angestrengt.
„Heiß", verstand sie, „heiß, heiß." Richard wiederholte immer wieder dieses Wort.
„Was sagt er?", wollte Robby wissen.
„Ihm ist heiß", antwortete Sonja mit Tränen in den Augen.
In diesem Augenblick rannte Michael durch den Sand.

Michael stand auf der Promenade und fror. Er stapfte im Kreis, immer darauf bedacht, sein Gesicht nicht zum Strand und damit in die Richtung des Windes zu drehen. Es hat keinen Zweck mehr zu warten, dachte er. Richard kommt nicht. Er blickte in Richtung der Nische, in der Robby und

Sonja standen, doch die Nische war leer. Dann sah er Robby in naher Entfernung vorbei gehen. Sonja ist wohl auf der anderen Seite, dachte er. Er ging bis zur Ecke des Restaurants und sah die Straße hinunter, aber es war niemand zu sehen. Grimmig ging er bis zu der anderen Ecke, hinter der Robby verschwunden war. Der Wind wehte hier besonders stark. Gerade wollte er sich zurückziehen, als er eine Gestalt heftig winken sah. Er hörte Wortfetzen, konnte sie aber nicht verstehen. Mit einem letzten Blick zurück ging er auf die Gestalt zu. Jetzt konnte er Robby erkennen, der sich aber umdrehte und in Richtung der Düne ging. Michael folgte ihm. Er sah eine zweite Gestalt, das musste Sonja sein, die Robby entgegen lief. Jetzt bückte sie sich zu einem Bündel, das auf der Erde lag. Voller Vorahnung rannte Michael auf die Gruppe zu.

Und da lag er. Im Licht von zwei Taschenlampen, mit Sand halb bedeckt und merkwürdig verdreht.

„Richard", flüsterte Michael. Das Herz wollte sich ihm im Leib umdrehen, als er ihn da liegen sah. Seine Augen füllten sich mit Tränen, als er sich zu

ihm hinunter beugte. Richard", flüsterte er noch einmal. Er strich ihm sanft durchs Gesicht.
„Der Rettungswagen kommt gleich", sagte Robby, doch Michael hörte es nicht.
Richards Lippen bewegten sich.
„Willst Du mir etwas sagen?", fragte Michael, während Richard seine Lippen unentwegt weiter bewegte.
Michael hielt sein Ohr an Richards Mund. Er bemühte sich etwas zu verstehen, doch Richards Stimme versagte mehr und mehr. „Zentner Sand", verstand Michael, und lauter: „heiß".
„Ihm ist heiß", wiederholte Sonja.
Doch Michael achtete nicht darauf, er hielt sein Ohr weiter an Richards Mund.
„Brigitte hat …", sagte Richard, doch dann versagte die Stimme ganz. Sein Kopf ruckte zur Seite, Mund und Augen öffneten sich. Richard war tot.

18

Bogdan Romanov lenkte seinen Mietwagen auf den Parkplatz vor dem Flugplatz, stellte den Motor ab und stieg aus. Sein Kontaktmann hatte ihm versichert, dass er mit dem Auto bis auf die Rollbahn fahren konnte, doch er wollte sich erst einmal umsehen. Die Flugplatzgebäude lagen im Dunkeln, nur in dem angrenzenden Gebäude brannte hinter einem Fenster Licht. Der Hausmeister. Auf ihn würde er achten müssen. Er ging bis zu dem niedrigen Zaun, der das Gelände umschloss. Er hatte auf beiden Seiten der Gebäude große Lücken, durch die man problemlos durchfahren konnte. Hinter den Gebäuden sah er abgestellte Maschinen, die alle mit Seilen festgezurrt waren, um nicht durch den Sturm beschädigt zu werden. Romanov blieb stehen und lauschte. Außer den Geräuschen, die der Wind verursachte, war nichts zu hören. Er ging zurück zum Auto, startete es und fuhr ohne Licht auf das Flugplatzgelände. Der helle Mond beleuchtete alles mit einem fahlen Licht, so dass er ohne Scheinwerfer auskam. Er fuhr bis an das Ende der Rollbahn, stieg aus und legte die zwei Lampen so auf den Boden, dass sie schräg in den Himmel leuchteten. Dann fuhr er wieder zurück, drehte am Anfang der Rollbahn das Auto so, dass er mit den Scheinwerfern die Landebahn beleuchten konnte und wartete. Über eine Stunde musste er sich in Geduld üben, bis endlich sein Handy aufleuchtete.

„Alles klar?", fragte eine Stimme.
„Ich stehe auf der Rollbahn", antwortete Romanov.
„Ich sehe die zwei Lampen", sagte die Stimme.
„Liegen die am südlichen Ende?"
„Genau."
„Dann mach das Licht an."
„Ok."
Romanov schaltete die Scheinwerfer des Autos an, und die Landebahn wurde etwa zur Hälfte beleuchtet. Er stieg aus und sah in den dunklen Himmel. Kurz darauf hörte er Motorgebrumm. Das Flugzeug flog dicht über das Dach des Autos, landete und wendete sofort. Romanov rannte auf die Maschine zu, die bald darauf mit laufendem Motor zum Stillstand kam. Er sah eine Gestalt aussteigen und auf ihn zukommen.
„Schlüssel steckt?", fragte die Gestalt.

Romanov war einen Moment verblüfft, bis ihm einfiel, dass er die Autoschlüssel meinte.

„Klar", antwortete er. Dann kletterte er in die Maschine. Der Pilot griff über ihn hinweg und verriegelte die Tür.

„Anschnallen", knurrte er.

Romanov zog den Gurt über seine Schultern, während die Maschine in den Wind drehte. Der Motor heulte auf, und nach weniger als einer Minute hatte er die Insel verlassen.

Michael saß in einem Raum des Polizeigebäudes und erzählte seine Geschichte schon zum zweiten Mal. Der Beamte vor ihm tippte seine Aussage in einen Computer, wurde aber sichtlich unruhig.

Der zur Heimlichen Liebe gerufene Rettungswagen war nur mit zwei Sanitätern besetzt, so dass erst ein Arzt gerufen werden musste, der den Tod feststellte. Die Polizei traf kurz darauf ein und sicherte den Tatort, was angesichts des Sturms nicht einfach war. Dann telefonierten die Beamten mit der Kreispolizeibehörde in Aurich, und nahmen alle mit auf die Wache.

Robby und Sonja hatten ihre Aussagen zügig gemacht, sie hatten aber nichts von Romanov und ihrer Observation erzählt. Michael jedoch stand sichtlich unter Schock und redete ohne Unterlass.
Nun aber unterbrach ihn der Beamte und sagte: „Einen kleinen Moment, ich bin gleich wieder da." Er verließ den Raum, ließ aber die Tür offen stehen. Michael hörte ihn gedämpft in einem angrenzenden Raum reden.
„Jochen, kannst Du dich mal um den Mann kümmern?"
„Wieso, er hat doch seine Aussage schon gemacht."
„Du bist doch psychologisch so geschickt. Der Mann ist völlig fertig, er faselt von einem Killer und so. Angeblich wurde auf ihn zwei Mal geschossen. Der Killer soll sogar hier auf der Insel wohnen. Ich glaube, die Fantasie ist mit ihm durchgegangen. Kannst Du ihn nicht mal beruhigen?"
„Habt ihr seine Aussage überprüft?"
„Natürlich, wir haben sofort in der Pension nachgesehen. Jemand mit dem Namen Bogdan Romanov ist dort unbekannt. Die Pensionswirtin hat das

ihr vorgelegte Bild mit einem Gast namens Ralf Walter in Verbindung gebracht, ist sich aber nicht sicher. Außerdem hat der Gast schon morgens ausgecheckt, er ist also nicht mehr auf der Insel. Das Opfer ist mit zwei Kugeln getötet worden. Alles Weitere wird die Obduktion und die ballistische Auswertung ergeben. Die Fähren werden überwacht, der Flugverkehr ist sowieso eingestellt wegen des Sturms. Wir haben also alles im Griff."
„Wann kommt denn die Mordkommission?"
„Gleich morgen früh, mit dem Flugzeug."
„Dann ist ja alles klar. Also gut, ich rede mal mit ihm."
Michael sah die beiden Beamten erwartungsvoll an. „Romanov muss noch auf der Insel sein, nur er kann Richard erschossen haben", sagte er mit bebender Stimme.
„Herr Tegmark", begann der hinzu gerufene Beamte mit sanfter Stimme. „Das ist für Sie eine ganz furchtbare Sache. Sie brauchen jetzt erst einmal Ruhe."
Michael nickte. „Haben Sie meine Mitarbeiter schon vernommen?"
„Ja, haben wir, wir wissen über alles Bescheid."

„Sie müssen den Mann unbedingt festnehmen."
„Selbstverständlich, das machen wir auch. Machen Sie sich keine Sorgen. Versuchen Sie, etwas Ruhe zu bekommen. Sie werden morgen noch einmal von der Mordkommission vernommen. Jetzt können Sie nichts mehr tun. Ich danke Ihnen für Ihre Mitarbeit, sie ist sehr wertvoll für uns. Mein Kollege wird Sie nach Hause bringen."
„Ja - gut", sagte Michael. Ihm standen noch immer Tränen in den Augen. Beim Aufstehen sah er in den über einem Waschbecken hängenden Spiegel. Mein Gott, ich sehe ja furchtbar aus, dachte er als er sein blasses Gesicht ja. Dann folgte er dem Beamten, der ihn zu einem Streifenwagen führte.

19

Michael lag auf dem Sofa im Knaakenpad und sah Sonja und Robby zu, die den Chip des Mobilfunk-Monitors abhörten. Bisher hörten sie nur Gespräche, die mit Bogdanov offensichtlich nichts zu tun hatten.
„Ich muss Brigitte anrufen", sagte Michael.
„Haben wir schon gemacht", antwortete Robby. Ich hole sie morgen von der Fähre ab."
„Ich sollte selbst mit ihr sprechen, aber ich kann einfach nicht. Wie hat sie es denn aufgenommen? Ach, dumme Frage."
„Gar nicht dumm. Sie hat es erstaunlich gefasst aufgenommen. Sie wollte alle Details wissen, ich habe aber nicht allzu viel gesagt."
„Mein Gott, all der Aufwand, und wir haben es nicht geschafft, Richard zu beschützen." Michael schlug die Hände vors Gesicht.
„Willst Du ein offenes Wort, Onkel Michael?", mischte Sonja sich ein. „Richard hätte uns vertrauen sollen. Dieses Versteckspiel hat doch nichts gebracht."

„Du hast schon Recht, Sonja, aber ich glaube, dass wir diesen Romanov erst auf die Fährte gesetzt haben."

„Wie denn, Onkel Michael? Er hat doch gar keinen Kontakt zu uns."

„Ich werde das Gefühl nicht los, dass er immer gewusst hat, was wir vorhaben. Er muss von dem Treffen an der Heimlichen Liebe gewusst haben."

„Woher sollte er", ereiferte sich Sonja. „Wahrscheinlich ist er Richard nur von der Luchterstrate aus gefolgt.."

„Woher wusste er überhaupt von der Luchterstrate? Von uns kann er es nicht erfahren haben."

„Hier, da ist etwas", sagte Robby, der weiter die Aufnahmen des Monitors verfolgt hatte. Der Wind hatte die Richtantenne des Monitors verstellt, die Aufnahmen waren daher nur verzerrt zu hören.

„... heute Morgen aus. Du holst das Auto morgen ab, ich stelle ... Parkplatz. Heute Abend ...erledige ich das. Du kommst ... ugzeug, aber ... Anforderung. Den Bruder müssen wir auch ... seitigen. ... machen wir ... Autobahn, wie bei ... gibt mir Nachricht, wenn er ...Ihr bleibt ... Emden. ... mit dem Transporter fahrt ihr ...treffen uns ... ich sage ... Bescheid."

Alle drei sahen sich an. „Der weiß mehr, als wir denken", reagierte Sonja als erste. „Von wann ist die Aufnahme?"

Robby sah auf den Computer. „Heute, nein gestern, es ist ja schon nach Mitternacht. Sieben Uhr dreizehn."

„Gestern Morgen um sieben Uhr dreizehn hat er also schon von dem Treffen an der Heimlichen Liebe gewusst", sagte Sonja. „Dann hat er ausgecheckt, hat irgendwo den Tag verbracht, sich an der Heimlichen Liebe versteckt und auf Richard gewartet. So muss es gewesen sein."

Robby sah sie verwundert an. „Woher wusste er von dem Treffen? Wir haben doch niemandem davon erzählt."

„Ich habe mit Brigitte telefoniert", sagte Michael.

„Sie wird ja wohl kaum ihren eigenen Mann ans Messer geliefert haben", gab Sonja zu bedenken.

„Natürlich nicht", antwortete Michael. „Vielleicht kann Romanov auch Telefongespräche abhören."

„Sehr unwahrscheinlich", erwiderte Robby. „Dazu braucht man schon eine sehr spezielle Ausrüstung."
„Ich glaube es ja auch nicht, aber woher soll er es wissen?" Er muss es irgendjemandem erzählt haben. Das muss die Polizei herausfinden."
„Da habe ich meine Zweifel, dass die so etwas herausfindet. Wir werden das selbst machen müssen", entgegnete Robby.
„Wir haben ein viel wichtigeres Problem. Der Kerl ist immer noch hinter Michael her", warf Sonja ein. „Den Bruder müssen wir auch beseitigen, sagte er. Das will er offenbar auf der Autobahn machen. Auf welcher Autobahn, und wann? Dazu muss er wissen, wann Michael zurück fährt. Woher will er das wissen?"
„Womit wir wieder bei unserem ersten Problem wären. Auf jeden Fall müssen wir verhindern, dass er an den Chef heran kommt", sagte Robby. „Es darf niemand erfahren, wann wir zurück fahren."
Michael gähnte. „Wir wissen das ja selbst noch nicht. Erst einmal müssen wir sowieso hier bleiben, um der Polizei zur Verfügung zu stehen. Die Beerdigung von Richard wird wohl auch nicht so

bald sein, erst einmal muss die Obduktion gemacht werden. Dann sehen wir weiter."

„Wie ist Romanov eigentlich von der Insel gekommen? Die Fähren werden doch überwacht, und der Flugverkehr ist eingestellt", wechselte Sonja das Thema.

„Wir sollten uns am Flugplatz erkundigen, ob ein Privatflugzeug die Insel angeflogen hat", sagte Michael. „Aber ob die uns Auskunft geben, ist mehr als fraglich."

„Das lass mich mal machen, Onkel Michael", sagte Sonja. „Ich fahre morgen zum Flugplatz und sehe zu, was ich erreichen kann."

Sonja klopfte an die Scheibe des Schalters im Flugplatzgebäude. Eine mürrisch aussehende Frau mittleren Alters wandte ihr das Gesicht zu.

„Können Sie mir Auskunft über Flugbewegungen gestern Abend geben?"

Die Frau zögerte einen Moment. „Flüge gehen erst wieder ab heute Morgen."

„Ich meinte gestern Abend oder vergangene Nacht."

„Weiß ich nicht", antwortete die Frau. „Glaube ich auch nicht, der Flugverkehr war komplett eingestellt. Wegen des Sturms. Aber fragen Sie mal im Tower nach. Da rechts rum und die Treppe hoch."
„Danke", sagte Sonja.
Die Tür zum Tower stand halb offen.
„Was wollen Sie denn…" hörte sie eine mürrische Stimme, die sich aber änderte, als der vor einem Monitor sitzende Mann sie sah.
„Oh Hallo", sagte er.
„Hallo", sagte Sonja. „Kann ich reinkommen?"
„Klar", antwortete der Mann. Er fegte ein paar Kopierblätter von einem Stuhl und deutete darauf.
„Wollen Sie sich setzen?"
„Ich brauche nur eine kurze Auskunft", sagte Sonja und lächelte ihn an.
„Nur zu."
„Ist gestern Abend oder letzte Nacht hier ein Flugzeug gelandet", fragte sie. „Und wieder gestartet?", setzte sie hinzu.
Der Mann sah sie mit unverhohlenem Interesse an.
„Kann gar nicht sein", antwortete er. „Der Platz war bis heute Morgen geschlossen."
„Aha", sagte Sonja.

„Obwohl", murmelte und rieb sich das Kinn. „Der Hausmeister behauptet, er hätte etwas gehört. Aber wie soll ein Flugzeug ohne Platzbefeuerung gelandet sein? Das schafft keiner."
„Ah so", sagte Sonja. „Ja, das war's schon. Da will ich Sie nicht länger aufhalten."
„Bleiben Sie ruhig noch", säuselte der Mann. Der Funk quäkte. „Borkum, Borkum, hier ist Delta Alpha Hotel Charly Bravo."
Der Mann nahm das Mikrofon und machte Sonja ein Zeichen, sie solle sitzen bleiben.
Sonja stand auf und berührte ihn an die Schulter. „Danke", sagte sie und stieg die Treppe hinunter.
„Charly Bravo, hier ist Borkum Tower", hörte sie noch, dann war sie wieder draußen.

Die Tür ging auf, bevor Sonja sie erreichte. Robbys Kopf wurde sichtbar, er hatte offensichtlich schon auf sie gewartet.
„Leise", flüsterte er, „der Chef schläft. Er ist völlig fertig."
„Kann ich verstehen, lass ihn schlafen."
„Er war bei der Polizei".

„Ach so. Und?"
„Sie sind der Meinung, dass es Selbstmord war."
Sonja lachte trocken. „Ist wohl ein Witz?"
„Man hat ihm gesagt, es wären Schmauchspuren an seiner Kleidung gefunden worden. Und da wir niemanden gesehen hätten, muss er selbst geschossen haben."
Sonja ereiferte sich. „Und die Waffe? Wo soll die sein?"
„Das hat der Chef auch gefragt. Sie könnte im Sand verschwunden sein, meint die Polizei. Schließlich sei es dunkel gewesen und wir hätten überall rumgetrampelt. Man würde aber heute den Tatort noch einmal absuchen. Außerdem würde heute Nachmittag schon der vorläufige Obduktionsbefund kommen."
„Na also, dann kann man die Geschosse untersuchen und alles klärt sich auf."
„Hoffen wir's", seufzte Robby.
„Ich gehe heute Nachmittag zur Polizei und rede mal mit denen", antwortete Sonja, „jetzt schlafe ich auch erst mal eine Stunde, ich hab's nötig."

20

Sonja saß in einem nach Aktenstaub und Schweiß riechenden Raum und wartete. Eine Fliege flog träge umher. Wo kommt die um diese Jahreszeit her, dachte Sonja schläfrig. Ein Beamter hatte sie mit einem gemurmelten ‚ich hol mal den Obduktionsbericht' gebeten zu warten. Das war mindestens zwanzig Minuten her. Sonja sah sich um. Ein alter, abgestoßener, mit Papieren übersäter Schreibtisch stand mitten im Raum, dahinter ein abgewetzter gepolsterter Stuhl. An den Wänden standen Aktenschränke, auch sie überquellend von nachlässig beschrifteten Ordnern und Aktenstapeln. Das Fenster, gegen das die Fliege immer wieder flog, sah ungeputzt aus. Von draußen hörte sie Gemurmel und Wortfetzen. Sie stand auf und öffnete die Tür einen Spalt breit. „Was soll ich der denn sagen?" hörte sie eine Stimme.
„Irgendwas halt", antwortete eine andere Stimme. „Die Auricher sind weg, wir können da gar nichts mehr machen. Beruhige sie, und das war's."
„Hast Recht. Ein Bankmanager! Warum kommt der ausgerechnet auf unsere Insel, um sich umzu-

bringen? Hätte der doch auch zu Hause machen können. Wir haben jetzt die Scherereien damit."
Schritte näherten sich. Sonja setzte sich schnell wieder auf ihren Stuhl.
„Ich habe hier den vorläufigen Obduktionsbericht", sagte der Beamte, während er zu seinem Platz hinter dem Schreibtisch ging. Er sah Sonja an. „Es war eindeutig Selbstmord, da gibt es keinen Zweifel."
„Völlig unmöglich", ereiferte sich Sonja. Wortreich setzte sie dem Beamten auseinander, was dem Ereignis an der Heimlichen Liebe vorangegangen war. Der Beamte hörte mit gesenktem Kopf zu. „Die Untersuchung der Geschosse wird zeigen, dass es so war, wie ich sage", schloss Sonja.
Der Beamte schüttelte den Kopf. „Die Kugeln sind", er blätterte in dem Bericht, „leider nicht auswertbar. Sie sind beim Herauspräparieren beschädigt worden. Es hätte auch nichts geändert. Die Sache ist eindeutig, es war Selbstmord. Die Kripo in Aurich wird einen Bericht schreiben und den Fall abschließen. Ich nehme an, die Leiche

wird heute noch frei gegeben. Sie können ihren Chef dann beerdigen."

„Höre ich richtig? Die Kugeln sind beschädigt worden?", entsetzte sich Sonja.

„So steht es in dem Bericht. Mehr kann ich Ihnen nicht sagen."

„Meine Güte, gleich zwei Kugeln versaut." Sonja schüttelte ungläubig den Kopf. „Wie haben die das denn gemacht?"

Der Beamte sah sie mitfühlend an. „Ich bin kein Pathologe, ich weiß auch nicht, wie man da vorgeht. Aber ich gehe davon aus, dass alles sorgfältig und fachmännisch Durchgeführt worden ist."

„Davon gehe ich ganz und gar nicht aus", entgegnete Sonja aufgebracht, während sie aufstand. „Sie können ja nichts dafür. Ich danke Ihnen für die Auskunft." Dann verließ sie schnellen Schrittes das Polizeigebäude.

Es war ihr unmöglich, sofort zum Knaakenpad zurückzukehren, dafür war sie zu aufgewühlt. Ziellos ging sie schnellen Schrittes durch die Straßen. An der Promenade setzte sie sich auf eine Bank.

Doch sie konnte die Aussicht auf das Meer nicht genießen.

Sie haben es versemmelt, dachte sie. Diese Stümper, wir haben ihnen doch alles auf einem Silbertablett serviert.

Sie nahm ihr Handy und wählte aus der Telefonbuchfunktion eine Nummer.

„Walter, Hallo", sagte sie mit brüchiger Stimme.

„Ja, Hallo. Äh…bist Du es, Sonja?"

„Ich brauche mal jemanden zum Reden. Bist Du allein?"

„Äh ja. Was ist denn?"

„Ach, ich habe Ärger. Mit der hiesigen Polizei. Ich wollte nur mal Deine Stimme hören."

„Ja, klar. Ist was passiert?"

„Nicht direkt. Wie geht es Dir denn?"

„Mir? Ja, also, soweit ganz gut. Bist Du noch auf Borkum?"

„Ja. Hier ist jemand ermordet worden, der Bruder meines Chefs…und Onkels."

„Du lieber Gott! Das sagst Du einfach so?"

„Es ist eine komplizierte Geschichte. Die Polizei hier glaubt, es ist Selbstmord."

„Und wenn es das nun wirklich ist?"

„Ganz bestimmt nicht. Er ist erschossen worden."
„Ich blicke da nicht durch, Sonja. Du, ich muss gleich los, ich werde erwartet."
„Dein Frau?"
„Äh…ja. Tut mir leid."
„Ist schon in Ordnung."
„Wir reden ein anderes Mal, ja?"
„Ja."
„Sei nicht traurig, Sonja, aber ich muss jetzt wirklich…"
„Schon gut, Walter."
„Also…tschüss."
„Tschüss Walter."
Sie ließ den Arm mit dem Handy sinken. Ich bin doch eine blöde Kuh, dachte sie. Was habe ich eigentlich erwartet? Dass er mich tröstet?
Deprimiert ließ sie den Kopf hängen. Dann riss sie sich zusammen.
Ich muss den Obduktionsbericht lesen, dachte sie.
Und sie wusste auch schon, wie sie an ihn kam.
Entschlossen nahm sie ihr Handy und wählte die Nummer ihres Vaters.
„Papa, ich brauche Dich", sagte sie, als er sich meldete.

Bernhard Nilsson merkte sofort, dass seine Tochter aufgeregt war. „Was ist denn, mein Mädchen?", fragte er beunruhigt. Sonja erzählte es ihm.
„Das klingt wirklich seltsam", antwortete er. „Um das alles beurteilen zu können, müsste ich allerdings die Berichte lesen. Und da gibt es ein Problem."
„Weil sich alle wundern würden, dass plötzlich das Bundeskriminalamt Interesse an diesem kleinen Routinefall zeigt."
„Eben. Leider kenne ich auch niemanden in Aurich, der mir sozusagen auf dem kleinen Dienstweg Auskunft geben würde. Ich kann denen ja unmöglich sagen, dass meine Tochter ganz privat die Berichte einsehen möchte."
„Das geht so natürlich nicht. Du könntest aber …"
Bernhard Nilsson verstand sofort. „Auf keinen Fall. Mein Passwort kriegst Du nicht."
„Papa", säuselte Sonja, „mit dem Düsseldorfer Passwort komme ich da nicht rein. Wenn Du mir aber …"
„Auf keinen Fall", unterbrach er sie, „das ist ungesetzlich, und Du weißt das auch."

„Wieso denn, Papa? Kein Mensch merkt, dass nicht Du Dich da eingewählt hast, wenn es überhaupt rauskommt."

„Kommt nicht in Frage", ereiferte sich Bernhard Nilsson. „Ich könnte es höchstens selbst versuchen."

„Lass das, Papa. Wenn Du auch nur einen Fehler machst, fällst Du auf. Lass mich das lieber machen."

Nilsson seufzte.

„Ich bin ganz Ohr, Papa", drängelte Sonja.

„Also gut", stöhnte Nilsson. Er nannte das Passwort, das Sonja auf einen Zettel kritzelte.

„Danke, Papa", flötete sie und legte auf. Ihre Stimmung hatte sich erheblich gebessert.

21

Als Sonja zum Knaakenpad kam, traf sie auf einen sich verschwörerisch gebenden Robby, der sie in das Haus zog und die Tür schnell wieder schloss.
„Komm mit", flüsterte er und zog sie ins Schlafzimmer. „Brigitte ist da. Es geht ihr nicht gut. Außerdem hat die Polizei angerufen. Die Leiche ist frei gegeben. Wir können sie in Oldenburg im Gerichtsmedizinischen Institut abholen lassen. Der Chef hat schon mit einem Bestatter gesprochen. Sie wird morgen überführt. Wir fahren dann auch zurück."
Sonja schüttelte traurig den Kopf. „Ich habe leider auch schlechte Nachrichten. Es stimmt, was sie Michael am Telefon erzählt haben." Sie berichtete, was man ihr bei der Polizei mitgeteilt hatte. Robby machte große Augen.
„Gibt's doch gar nicht", ereiferte er sich. „Die haben wohl 'nen Rad ab."
„Wohl wahr", stimmte sie ihm zu. „Aber Jammern hilft nicht. Jetzt will ich erst einmal die Berichte lesen, vor allem den Obduktionsbericht." Sie erklärte ihm, dass sie mit ihrem Vater gesprochen

hatte, und dass sie sich nun in den Polizeicomputer in Oldenburg einwählen wollte. Robbie grunzte zustimmend. „Wenn wir nur wüssten, was dahinter steckt."
Sonja massierte sich grübelnd das Kinn. „Ich bin sicher, Richard wollte uns noch etwas sagen, bevor er starb. Aber was?"
„Er hat etwas über den Sand gesagt, und dass ihm heiß ist. Nichts, was uns weiter hilft."
„Ja, und er hat Brigitte erwähnt. Vielleicht liegt der Schlüssel zu allem in Düsseldorf. Wir müssen sein Arbeitszimmer dort gründlich durchsuchen. Vielleicht finden wir etwas. Wann, sagtest Du, will Michael zurück fahren?"
„Gleich morgen früh."
„Gut, wir fahren auch zurück. Dann können wir morgen Nachmittag Richards Wohnung inspizieren."
Robby nickte zustimmend. „Komm, begrüße Brigitte. Aber krieg keinen Schrecken."
Sie gingen ins Wohnzimmer, wo Brigitte mit rotgeweinten, verquollenen Augen auf der Couch hockte. Michael saß auf einem Sessel und sah angegriffen aus. Sonja ging auf Brigitte zu, die auf-

stand. Die beiden Frauen umarmten sich wortlos. Brigittes Kopf zuckte an Sonjas Schulter.

„Ich kann das alles noch gar nicht glauben", flüsterte Brigitte. Beide setzten sich.

„Richard wird morgen nach Düsseldorf überführt", sagte Michael mit brüchiger Stimme. „Wir fahren morgen früh mit der ersten Fähre um halb acht. Ich habe Hess schon angerufen, die – ähem – Beerdigung könnte dann Ende der Woche sein."

Sonja überlegte, ob sie Michael von ihrem Besuch bei der Polizei berichten sollte. Sie verzichtete aber darauf. Michael war nicht in der Stimmung, die Ermittlungsergebnisse der Polizei zu diskutieren.

Sie nahm ihren Laptop und ging ins Schlafzimmer. Dort wählte sie sich mit Hilfe des Passwortes in das Netz der Polizei Oldenburg ein. Sie musste nicht lange suchen, um den Obduktionsbericht zu finden. Er war mit nur dreieinhalb Seiten auffallend kurz. Sie las ihn aufmerksam durch, als Robby ins Zimmer kam. „Und?", fragte er.

„Bin noch nicht ganz durch", murmelte sie. Als sie alles gelesen hatte, sah sie Robby mit ungläubiger Miene an.

„Die haben doch tatsächlich beide Kugeln beschädigt! Außerdem haben sie Schmauchspuren an der Kleidung und in den Wunden gefunden. Richard muss also aus nächster Nähe erschossen worden sein. Daraus schließen sie, dass es Selbstmord gewesen sein muss."

Robby schüttelte ungläubig den Kopf. „Haben die sich nicht gefragt, wohin die Waffe verschwunden ist? Sie haben ja schließlich keine gefunden."

Sonja lachte verächtlich. „Vielleicht verdächtigen sie uns noch. Als ich mit dem Beamten auf der Wache gesprochen habe, kam es mir so vor, als machten sie sich über die fehlende Waffe keine Gedanken. Die sind offenbar froh, den Fall abschließen zu können."

Robby grunzte. „Wir müssen selbst versuchen, die Hintergründe aufzudecken. Auf die Hilfe der Polizei können wir nicht zählen. Gehen wir davon aus, dass es Romanov war. Woher wusste er, dass Richard an der Heimlichen Liebe war?

„Woher wusste er überhaupt, dass Richard und auch wir auf Borkum sein würden? Jemand muss es ihm verraten haben, aber wer? Sie massierte

sich das Kinn. „Haben wir eigentlich sein Handy? Richard muss doch ein Handy gehabt haben!"
„Keine Ahnung", grübelte Robby. Bei seinen Sachen, die wir von der Polizei bekommen haben, war es jedenfalls nicht. Vielleicht in der Wohnung von Frau de Boer?"
„Dort waren wir doch schon", gab Sonja zu bedenken. „Aber zur Sicherheit werde ich noch einmal hingehen und nachfragen."
Robby nickte zustimmend.

Frau de Boer war zum Glück zu Hause, als Sonja an der Haustür klingelte.
„Guten Tag, Frau de Boer", sagte Sonja zu der verhärmt aussehenden Frau, „kann ich Sie einen Augenblick sprechen?"
Frau de Boer zögerte einen Moment, trat dann aber zurück und ließ Sonja ein. Sie führte sie in ihr Wohnzimmer und wies wortlos auf einen Sessel. Sonja setzte sich.
„Ich habe nur eine Frage", sagte Sonja. Frau de Boer blickte sie teilnahmslos an. Ihr Gesicht war geschwollen. Sicher die Trauer, dachte Sonja.

„Haben Sie Richards Handy gefunden?" fragte sie Direkt.
„Natürlich", antwortete Frau de Boer ohne Umschweife. Sie stand auf, nahm das Handy von einem Regal und gab es Sonja. Es war ausgeschaltet.
„Danke", freute sich Sonja. „Haben Sie etwas dagegen, wenn ich es mitnehme?"
„Nehmen Sie es ruhig, ich kann ja doch nichts damit anfangen", antwortete sie matt.
Sonja stand auf. Sie zögerte einen Moment, dann nahm sie Frau de Boer in den Arm. Auch sie zögerte einen Moment, dann legte sie den Kopf an Sonjas Schulter und weinte.

Brigitte schmiegte sich an Michaels Brust und heulte ihm den Pullover nass. Michael strich ihr begütigend über das Haar. Ihre Stimmung schwankte, war sie im einen Moment völlig verzweifelt, wurde sie gleich darauf wütend. „Warum hat er kein Vertrauen zu mir gehabt? Ich hätte ihm doch geholfen."

„Ist irgendetwas zwischen Euch vorgefallen? Gab es Streit oder Unstimmigkeiten?", fragte er vorsichtig.

Brigitte hörte auf zu weinen und sah ihn fragend an. „Was soll denn gewesen sein? Was meinst Du?"

„Na ja." Michael wählte seine Worte vorsichtig. „Habt ihr Euch gut vertragen?"

Brigitte atmete tief Durch. „Eigentlich war alles so wie immer."

„Eigentlich?"

„Wie es halt so ist. Richard war stark mit seinem Beruf beschäftigt, und ich habe mich um die Familie gekümmert. Er war viel unterwegs. Und … ja, manchmal haben wir uns auch gestritten."

„Schlimm?"

„Nicht so schlimm. Wenn er nach Hause kam, ging er fast immer gleich schlafen. Ich habe ihm vorgeworfen, sich nicht um die Familie, besonders die Kinder, zu kümmern. Aber er wollte davon nichts hören. Nein, sonst war nichts. Außer…"

„Außer was?"

„Es war schon komisch. Er fuhr immer häufiger nach Borkum. Er sagte, er brauche das, um sich auszuruhen, um Kraft zu tanken. Dabei habe ich ihm doch alles vom Hals gehalten."

Michael schwieg. Er glaubte zu wissen, warum er so häufig nach Borkum fuhr: Hertha de Boer. Ein anderer Grund fiel ihm nicht ein. Er musste unbedingt noch einmal mit der Frau sprechen. Sie musste doch etwas wissen! Wenn man einem Menschen so nah war, sprach man auch über die privaten Dinge. Er wurde unruhig.

„Leg dich jetzt erst einmal hin und versuche, zu schlafen", sagte er in sanftem Ton. Ich gehe mal ein paar Schritte an die frische Luft."

Brigitte nickte und streckte sich auf dem Sofa aus. Michael deckte sie zu und ging leise aus dem Zimmer.

Draußen nieselte es, und ein unangenehmer Wind sorgte dafür, dass nur wenige Menschen auf der Straße waren. Michael klappte seinen Mantelkragen hoch und ging zielstrebig zur Luchterstrate.

Zum Glück war Hertha de Boer zu Hause.

„Ach, Sie sind es", sagte sie mit brüchiger Stimme, öffnete aber die Tür weit, um ihn einzulassen.

„Frau de Boer", sagte Michael zögernd, „ich hätte da noch ein paar Fragen. Wenn Sie einen Moment Zeit hätten?"

Hertha de Boer führte ihn ins Wohnzimmer und wies auf einen Sessel.

„Ich mache uns einen Tee."

Michael sah sich um. Der Raum wirkte gemütlich. Eine Sitzgruppe aus hellem Stoff stand so, dass man in den großen Garten sehen konnte. In der Ecke stand ein Schreibsekretär. Er war aufgeklappt, ein Notebook stand auf der Platte. Eine Wand war vollständig von einem fast übervollen Bücherregal bedeckt. Neben der Tür stand eine Bodenvase, es waren aber keine Zweige darin.

Hier also hatte sich Richard aufgehalten. Wenn er nur wüsste, was ihn bewegt und bedrückt hatte.

Hertha de Boer kam mit einem Tablett voller Tassen, Teller und einem Stövchen ins Zimmer. Er betrachtete sie. Sie trug einen schlichten Hausmantel, der ihre schlanke Figur zur Geltung brachte. Sie war gut aussehend und hatte ein schmales Gesicht, das von langen, blonden Haaren umspielt wurde. Brigitte in etwas jüngerer Ausführung, dachte er. Was nur hatte Richard dazu gebracht, seine Frau zu betrügen? In seiner Beziehung zu Brigitte musste doch etwas nicht gestimmt haben.

„Der Tee ist gleich so weit, er muss noch ein paar Minuten ziehen", sagte Hertha de Boer. Sie setzte sich ihm gegenüber auf das Sofa und schlug die Beine übereinander.

„Ihre Mitarbeiterin war schon hier und hat Richards Handy mitgenommen."

So, ja", sagte Michael ohne Interesse. Wie sollte er das ansprechen, was er wissen wollte, ohne unhöflich zu sein. Ihm fiel nichts ein. Schließlich beschloss er, einfach mit der Tür ins Haus zu fallen.

„Wie haben Sie Richard eigentlich kennen gelernt?"

„Das war letztes Jahr beim Meilenlauf", sagte sie unbefangen.

Michael sah sie fragend an.

„Der Meilenlauf findet hier auf der Insel einmal im Jahr statt und ist so etwas wie ein Marathonlauf in Kleinformat. Wir haben beide daran teilgenommen. Hinterher saß ich noch mit Freunden zusammen, als Richard sich an unseren Tisch setzte. Wir kamen ins Gespräch, und … na ja, daraus entwickelte sich eine Freundschaft."

Sie erhob sich und holte den Tee aus der Küche und stellte ihn auf das Stövchen. Dann legte sie zwei Kluntjes in jede Tasse, goss den Tee ein, dass die Kluntje knackten, und verteilte mit einem kleinen Sahnelöffel Teesahne auf die Oberfläche. Michael sah interessiert dieser ostfriesischen Teezeremonie zu.

„Sie dürfen nicht umrühren", erklärte Frau de Boer und setzte sich wieder. „Wo waren wir stehen geblieben?"

Michael, jetzt sicherer geworden, fragte: „Hat er über seine Familie gesprochen?"

„Natürlich. Wir haben oft über seine unglückliche Ehe geredet. Er konnte sich aber nicht trennen, wegen der Kinder."

„Das hat er so gesagt?" Michael nahm einen Schluck Tee.

„Ja, mehrmals. Er erzählte mir alles. Dass er sich mit seiner Frau auseinander gelebt hätte, dass ihm die Kinder wichtig wären, und dass er sich ganz in seinen Beruf zurückgezogen hätte. Nur bei mir könne er sich entspannen und ganz er selbst sein, sagte er immer wieder." Sie bekam rote Flecken im Gesicht.

Michael schluckte. Da hatte er wohl etwas Wesentliches nicht mitgekriegt. Ein schlechtes Gewissen plagte ihn. Er hätte sich mehr um seinen Bruder und seine Schwägerin kümmern müssen. Aber woher sollte er wissen, dass etwas nicht stimmte? Richard hätte doch mit ihm reden können, er hatte doch immer ein offenes Ohr gehabt. Zögernd fragte er weiter.

„Hat er über berufliche Probleme gesprochen?"

„Nicht eigentlich Probleme. Es gab wohl immer wieder mal Ärger, aber Probleme, nein, eigentlich nicht."

„Haben Sie über finanzielle Dinge gesprochen?"

„Nein, nie. Außer bei Alfred, da hat er mir sehr geholfen."

„Alfred?"

„Mein Sohn. Er lebt in den USA, schon seit vielen Jahren. Es war auch alles gut, bis er gesundheitliche Probleme bekam."

„Welcher Art?"

„Alfred lebt in Los Angeles. Er ist „Gaffer" in einem der Filmstudios. Das ist Beleuchter. Gut bezahlt und krisensicher. Es ging ihm gut, bis die Ärzte Leukämie diagnostizierten. Er brauchte eine teure Behandlung, doch die Krankenversicherung zahlte die nicht. In den USA ist es anders als hier, da muss man sich teuer gegen alles Mögliche versichern. Alfred konnte das Geld nicht aufbringen und ich habe sowieso nicht so viel Geld. Richard sagte sofort, dass er die Behandlung bezahlen wolle. Ich nahm an, weil mir nichts anders übrigblieb."

„Darf ich fragen, um welche Summe es dabei ging?

„Fast hunderttausend Dollar. Für mich eine unglaublich hohe Summe. Richard aber lachte und sagte, er hätte eine unversiegende Geldquelle."

Michael war elektrisiert. „Hat er gesagt, was das für eine Geldquelle war?"

„Nein. Ich glaube, er wollte mich nur beruhigen. Für ihn war das bestimmt auch keine Kleinigkeit."

„Zu einem anderen Zeitpunkt hat er auch nichts darüber gesagt?"

„Nein, nie. Das war kein Thema zwischen uns."

„Wie geht es Ihrem Sohn heute?"

„Besser. Viel besser. Die Therapie hat angeschlagen. Mein Sohn arbeitet wieder. Wie es langfristig geht, wissen wir noch nicht."

„Wie war das, als Richard sich bei Ihnen versteckte?"

„Ja, das war komisch. Er kam eines Abends an und sagte, er müsse eine Zeit lang verschwinden. Es ging um eine Unstimmigkeit in der Bank. Ich habe gefragt, was denn los sei, aber er wollte es nicht sagen. Ich solle ihm vertrauen, bald wäre alles wieder gut."

„Und er hat wirklich nichts über den Grund seines Verschwindens gesagt?"

„Ich habe gebohrt, habe ihn angefleht, wenn er in Gefahr sei, solle er mir doch wenigstens einen Hinweis geben, um was es geht, aber er sagte nur, es wäre besser, wenn ich es nicht wüsste. Als Sie dann kamen, war ich völlig durcheinander, aber er wollte immer noch nichts sagen. Dann, später, erklärte er, er wolle mit Ihnen reden. Aber dazu kam es dann nicht mehr."

Ihre Augen bewölkten sich. Einen Moment schwiegen beide.

Michael räusperte sich. Hertha de Boer nippte an ihrer Tasse und sagte leise: „Wenn Sie wissen, um was es geht, was der Grund für sein Verschwinden und sein …"

„Natürlich werden Sie es dann erfahren", sagte Michael schnell. „Ich schlage vor, wir bleiben in Kontakt."
Sie sprachen noch eine Weile über allgemeine Dinge, das Wetter auf Borkum, die Pflege des Gartens und die Vorzüge des Insellebens, bis Michael sich verabschiedete.
Als er durch den Nieselregen zum Knaakenpad zurückging, fühlte er sich mutlos.

22

Bogdan Romanov räkelte sich auf dem knarrenden Bett der schäbigen Pension und lauschte in den Hörer seines Handys.

„Gut so", knurrte er auf Rumänisch. „Die Fähre wird so etwa um halb zehn in Emden sein. Ich werde das Auto beobachten und Euch ständig informieren, wo es ist. Ihr fahrt in Papenburg auf die Autobahn. Wenn er Euch eingeholt hat, erledigt ihr das. Ich fahre hinter ihm her. Alles klar?"
Er steckte sich ein Kaugummi in den Mund.
„Dann bis morgen früh. Und seid pünktlich!"
Zufrieden streckte er sich aus. Diesmal würde es klappen.

Sonja und Robby beäugten misstrauisch das Handy. „Das Passwort können wir nicht knacken, das müssen wir raten", sagte Sonja seufzend.
„Hat er überhaupt ein Passwort?" antwortete Robby.
„Gute Frage." Sonja schaltete das Gerät an. 'PIN-Code eingeben" erschien auf dem Display.

„Damit wäre das geklärt", bemerkte Sonja sarkastisch. „Wir haben nur drei Versuche frei."
„Irgendwelche Geburtstage?" bemerkte Robby lahm.
„Kann sein, versuchen wir's." Sie tippte Brigittes Geburtstagsdaten ein: 2107. Auf dem Display erschien 'Code angenommen'. Sonja starrte ungläubig auf das Handy." Da haben wir aber Schwein gehabt! Gleich beim ersten Mal, ich glaub es nicht."
Sie klickte sich in das Menü 'Anrufprotokolle' und 'Angenommene Anrufe'. Eine Reihe von Namen erschienen:, 'Armbruster', 'Hess', Brigitte', 'Michael', und einige weitere wie 'Autohaus' und 'Reinigung'. Nur 'Armbruster' war neueren Datums, alle anderen Anrufe waren offenbar vor seinem Verschwinden eingegangen. Sonja klickte sich in 'Gewählte Rufnummern'. Hier fand sie auch wieder den Namen 'Armbruster'.
„Soweit ich weiß, ist das der Stellvertretende Leiter des Rechenzentrums. Ja richtig, Jörg Armbruster", erklärte Sonja. „Warum hat er mit dem telefoniert?"

„Keine Ahnung", sagte Robby. „Dann muss dieser Armbruster aber doch gewusst haben, wo Michael ist. Und uns lässt er die ganze Zeit im Dunkeln tappen."

„Wahrscheinlich hat Richard das so gewollt. Auf jeden Fall weiß er etwas, vielleicht kann er uns die Erklärung für alles geben. Wir werden mit ihm reden, wenn wir zurück sind. Aber vorsichtig! Es kann sein, dass er das Verbindungsglied zu Romanov ist."

23

Janusz Wawrczynczyk gähnte. Er saß schon seit mehr als drei Stunden am Steuer seines Vierzigtonners und hatte noch etwa zwei Stunden Fahrzeit vor sich. Gestern hatte er in der Schweiz Maschinenteile für einen Windkraftanlagenbauer in Aurich geladen und war bis zu einem Autohof in der Nähe von Köln gefahren, wo er übernachtete. Am Morgen hatte er noch den Ausfall eines Blinkers reparieren müssen, aber dann war er zügig durch relativ wenig Verkehr über das Ruhrgebiet bis zur A 31 gekommen, wo er gleichmäßig mit der vorgeschriebenen Höchstgeschwindigkeit von 80 km/h rollte. Wäre er etwas schneller oder langsamer gefahren, oder hätte er nicht an einer Autobahnraststätte gehalten, um einen Kaffee zu trinken, dann wäre alles anders gekommen. Doch Janusz Wawrczynczyk wusste nicht, was ihn erwartete, und so nahm alles seinen Lauf.

Robby lenkte vorsichtig Michaels Mercedes von der Borkumfähre in Emden. Im Rückspiegel sah er den weißen Transporter, in dem Sonja saß. Sie hatten eine störungsfreie Überfahrt gehabt, und es war nicht zu erwarten, dass bei der Rückfahrt nach Düsseldorf irgendetwas schief gehen könnte. Robby entspannte sich und lenkte das Auto auf den Zubringer zur A31.

Bogdan Romanov saß in seinem Passat, der nahe dem Fährhaus in Emden geparkt war und schnaufte zufrieden. Durch die Windschutzscheibe sah er den dunklen Mercedes, nach dem er Ausschau gehalten hatte. Er nahm sein Handy und wählte eine Nummer. „Alles wie geplant, sie sind da", sagte er auf Rumänisch. „Wir sind bereit", antwortete eine Stimme. Ohne ein weiteres Wort legte er auf.

Robby fuhr langsam über die Autobahn, damit Sonja mit dem langsameren Transporter folgen konnte. Der Verkehr war mäßig. Das Auto schnurrte leise vor sich hin. Michael döste. Brigitte saß auf dem Rücksitz und hatte sich in eine Decke gewickelt. Sie erreichten das Dreieck Leer, kurz darauf den Emstunnel. Robby beobachtete aufmerksam die wenigen anderen Fahrzeuge, die zu sehen waren. Das abgehörte Gespräch von Romanov ging ihm durch den Kopf. Plante er etwas? Er hatte zu jemandem von der Autobahn gesprochen, und dass dort etwas passieren sollte. Noch einmal sah er sich um. Hinter ihm fuhr in nicht allzu großem Abstand Sonja. Ein Motorradfahrer kam schnell auf, fuhr aber zügig vorbei. Weiter hinten sah er die Lichter eines PKW. Die hatte er schon eine geraume Weile gesehen, aber sie näherten sich nicht. Der Abstand war groß. Keine Gefahr.

Romanov sah die beiden Autos vor sich. Er fuhr mit gleicher Geschwindigkeit, aber mit großem Abstand, so, dass er sie gerade noch sehen konnte. Wieder nahm er sein Telefon.
„Sie fahren jetzt in den Ems-Tunnel", sagte er.
„Ok, wir sind noch vor dem Dreieck Bunde. Wie schnell sind sie?"
„Ungefähr hundertzwanzig, im Tunnel wahrscheinlich langsamer."

„Sag uns Bescheid, wenn sie zum Dreieck Bunde kommen. Wir wollen sie nach der Ausfahrt Papenburg stellen, sonst entwischen sie uns noch an der Ausfahrt."
„Alles klar, ich melde mich gleich wieder."

Sonja fuhr in gleichmäßigem Abstand hinter Robby her. Als sie sich dem Emstunnel näherte, hatte auch sie ein ungutes Gefühl. Einem Impuls folgend, schaltete sie den Mobilfunkscanner an, den sie schon vorher auf den Beifahrersitz gestellt hatte. Auch ihr ging das abgehörte Gespräch von Romanov durch den Kopf. Es war zwar unwahrscheinlich, dass Romanov telefonierte, wenn er ihnen auflauerte, aber man konnte nicht vorsichtig genug sein. Das Gerät zeigte an, dass es die Mobilfunkbänder scannte. Nichts war zu hören.

Als Robby wieder aus dem Tunnel fuhr, entspannte er sich. Wenn jemand sie hätte angreifen wollen, wäre der Tunnel eine gute Gelegenheit gewesen, denn sie hätten nirgendwohin, auch nicht zu Fuß, ausweichen können. Als nichts geschah, war er beruhigt. Sonja war noch hinter ihm. Ein schnellerer BMW überholte, vor sich sah er einen LKW, das Licht hinter ihm war verschwunden. Das Dreieck Bunde näherte sich. „Soll ich das Radio anmachen?", fragte er Michael. Der schüttelte nur den Kopf.

Romanov telefonierte wieder. „Sie nähern sich dem Dreieck Bunde. „Es geht gleich los."
„Alles klar", antwortete eine ruhige Stimme. „Wir sind bereit."
Romanov sah noch einmal nach vorn auf die beiden Autos, die er kaum noch sehen konnte, dann gab er Gas.

Sonja schnäuzte sich die Nase. Sie näherten sich der Abfahrt Papenburg. Im Rückspiegel sah sie nichts, nur zwei verschwommene Lichter in großer Entfernung. Plötzlich meldete sich der Scanner. Laut und deutlich hörte sie eine Stimme in einer Sprache, die Rumänisch sein konnte. Vor Schreck

verriss sie fast das Steuer. Das Gespräch war schon wieder vorbei, ein Satz nur, oder zwei, das konnte sie nicht so genau unterscheiden. Schnell wählte sie die Nummer von Michaels Autotelefon.
„Romanov ist in der Nähe", sagte sie mit vor Aufregung kratziger Stimme.
„Was hast Du gehört?", fragte Robby.
„Ich weiß nicht, es war in einer fremden Sprache, Rumänisch glaube ich."
„Hm. Siehst Du etwas hinter Dir?"
„Ein Auto kommt, sonst nichts."
„Behalt ihn im Auge, wir können nichts anderes tun, als weiterzufahren."
Ok, ich lass mein Handy an, bis wir sicher sind, dass nichts ist."

Sie passierten die Ausfahrt Papenburg. Robby wollte gerade einen langsam fahrenden LKW überholen, als ein alter dunkelroter Ford-Transit vor ihm ausscherte. Robby fuhr hinter ihm her an dem LKW vorbei. Doch der Fahrer vor ihm machte nicht Platz. Hinter ihm sah er die Lichter eines Passats. Wo war Sonja? Sie fuhr hinter dem Passat,

sie hatte ihn wohl vorbei lassen müssen, als Robby auf die linke Spur fuhr. Der Transporter vor ihm verringerte seine Geschwindigkeit und fuhr immer noch links. Robby schimpfte. „Blöder Kerl, was soll das?"
Er wechselte auf die rechte Spur. Da zog auch der Transporter nach rechts. Robby bremste, wollte auf die linke Spur wechseln, doch da war der Passat. Er fuhr in gleicher Geschwindigkeit. Robby wollte bremsen, doch der LKW war hinter ihm. Da begriff Robby, was das Manöver bezwecken sollte. Im gleichen Moment senkte sich die Rückscheibe des Transporters. Der Lauf eines Gewehrs oder einer Maschinenpistole erschien. Er schrie: „Ducken!". Immer noch sah er keine Möglichkeit, zu entkommen. Alles was er tun konnte war, in den Passat zu fahren. Doch da sah er, dass dessen rechtes Fenster herunter glitt. Der Lauf einer Pistole erschien. Robby musste sich entscheiden. Was sollte er tun? Da versank alles in einer großen Explosion.

Sonja sah den LKW, hinter dem ein angejahrter dunkelroter Transporter fuhr, schnell näher kommen. Robby scherte aus, doch der Transporter ebenfalls. Sie sah Robby bremsen. Als sie ebenfalls auf die linke Spur wechseln wollte, sah sie einen Passat neben sich. Er fuhr an ihr vorbei, erst dann konnte auch sie nach links wechseln. Sie sah den Transporter an dem LKW vorbei fahren, doch er blieb auf der linken Spur. Kurz darauf wechselte Robby nach rechts, auch der Transporter schwenkte nach rechts. Sie sah, wie sich die Rückscheibe senkte. Der Lauf einer Waffe erschien. Auch die rechte Scheibe des vor ihr fahrenden Passats senkte sich. Was soll ich tun?, fragte sich Sonja. Sie sah nach links, und das Blut gerann ihr in den Adern.

24

Janusz Wawrczynczyk hörte Radio und sang mit. „Ganz in weiß ...". Doch gleich kamen die Nachrichten. Er hatte doch noch eine CD mit Volksmusik, die er so gern hörte. Er öffnete eine Klappe und suchte zwischen Zetteln, alten Schokobonbons und Kugelschreibern nach der Scheibe. Da war sie ja. Er nahm sie heraus, doch sie fiel herunter. Ärgerlich bückte er sich danach, das Steuer mit einer Hand festhaltend. Es war gar nicht so leicht, sie von der Gummimatte aufzuklauben. Endlich hatte er es geschafft. Als er den Kopf wieder über das Steuerrad hob, erschrak er. Die linke Leitplanke kam auf ihn zu. Hastig riss er das Steuer herum. Doch das hätte er nicht tun sollen. Polternd hörte er hinten im Laderaum etwas umfallen. Der LKW schlingerte. Janusz steuerte dagegen, doch er hatte wohl übertrieben. Das Fahrzeug schlingerte immer mehr und Janusz spürte entsetzt, dass er es nicht mehr halten konnte. In voller Fahrt fuhr er fast rechtwinklig auf die Leitplanke zu, durchbrach sie und donnerte auf die Gegenfahrbahn. Er sah einen anderen LKW auf sich zukommen, versuchte noch auszuweichen, doch da waren mehrere PKW und ein Transporter.

Sonja sah, wie der Lauf der Waffe, die an dem offenen Rückfenster des Transporters zu sehen war, verschwand. Der Transporter beschleunigte. Auch der Mercedes, den Robby steuerte, wurde schneller. Neben ihr bremste der LKW, so stark, dass die Reifen der blockierenden Räder ihn in weißen Nebel hüllten. Auch Sonja trat auf die Bremse. Nur der vor ihr fahrende Passat veränderte seine Geschwindigkeit nicht. Schemenhaft sah sie den Fahrer. Er sah nach rechts und streckte seinen Arm aus. War das, was er in der Hand hielt, eine Waffe? Sonja hatte keine Zeit, darüber nachzudenken. Sie hörte trotz des lauten Bremsgeräusches des LKW ein lautes Krachen, als die Leitplanke durchbrochen wurde.

Janusz Wawrczynczyk sah, wie sich die Leitplanke aufbog. Die Zugmaschine machte einen Satz, wurde aber nur wenig langsamer. Der Transporter und einer der PKW verschwanden aus seinem Gesichtsfeld. Der andere PKW aber wurde von seinem LKW erfasst, quer über die Fahrbahn geschoben und an der gegenüberliegenden Leitplanke zerdrückt. Janusz wurde in seinen Sicherheitsgurt gepresst. Alles geschah in einem fürchterlichen Krach.

Sonja trat wie verrückt auf die Bremse. Der LKW kam von links und drückte mit einem fürchterlichen Krachen den Passat zusammen. Sie kam zum Stehen. Vor Aufregung klopfte ihr Herz bis zum Hals. Vor ihr knisterte es. Eine Staubwolke verdunkelte die Szene. Schemenhaft sah sie, wie Personen herumliefen und sich an dem völlig zerstörten Passat zu schaffen machten. Dann rannte Robby auf ihren Wagen zu. Wie in Trance öffnete sie die Tür. „Alles in Ordnung?", fragte Robby atemlos.
„Ja", antwortete Sonja.
„Wir sind alle ok", sagte Robby. Aus dem roten Transporter sind zwei Männer ausgestiegen und haben etwas aus dem Wrack des Passats geholt. Ich bin im Wagen geblieben, um Michael und Brigitte nicht zu gefährden. Dann sind sie weggefahren."

„Ist schon in Ordnung", sagte Brigitte. „Jedenfalls ist niemand von uns zu Schaden gekommen."
„Gottseidank. Ich habe gleich die Feuerwehr und die Polizei angerufen. Romanov hat es wohl nicht überlebt. Ich kümmere mich jetzt um den Fahrer des LKW. Im Führerhaus regt sich nichts."
„In Ordnung. Ich komme schon klar."
Sie schloss die Augen. Als sie sie wieder öffnete, sah sie, wie Robby eine Person aus dem Führerhaus des LKW zog. Gottseidank.
Dann hörte sie das Martinshorn der Feuerwehr.

25

Der Regen trommelte auf das Dach der Aussegnungshalle. Der üppige Sarg war von Kränzen und Blumen übersäht. Sonja saß in der letzten Reihe und beobachtete die vor ihr sitzende Trauerversammlung. Schwarze Anzüge und Dunkle Kostüme, wohin sie auch blickte. Die meist grauen Hinterköpfe des Vorstands der Bank waren in Trauer nach vorne gebeugt. Von Jörg Armbruster, der ruhig und gelassen an der Seite saß, sah sie ebenfalls nur den Hinterkopf. Die Stimme des Pastors plätscherte dahin. „… haben wir einen wertvollen Menschen verloren. Er war stets für seine Familie und seine Kollegen da, wenn man ihn brauchte …" Sonjas Gedanken schweiften ab. Die Polizei war, wieder einmal, eine Enttäuschung gewesen. Eine Waffe hatte man nicht gefunden, von Ermittlungen irgendwelcher Art war nicht die Rede. Wo war die Waffe geblieben? Sie hatte doch deutlich gesehen, wie Romanov sie auf den Wagen neben ihm richtete. Sie musste bei dem Unfall hinausgeschleudert worden sein, doch dann hätte man sie beim Aufräumen der Unfallstelle finden müssen. Vielleicht

war sie auch in dem völlig zusammengedrückten Wrack geblieben und wurde mit entsorgt. Michael hatte mit der Kriminalpolizei telefoniert. Man hatte ihn höflich angehört, ihm jedoch bedeutet, dass zu weiteren Maßnahmen kein Anlass bestehe. Es war ein tragischer Unfall, mehr nicht. „Wir müssen eben selber weitermachen", hatte Robby gemeint.
Der Pfarrer kam zum Ende. Eine Tür an der Rückwand der Halle öffnete sich. Sechs Sargträger nahmen den Sarg auf und stellten ihn auf einen schwarz verhüllten Wagen. Dann setzte sich der Trauerzug in Bewegung. Am Grab angekommen, stellte sich die Trauerversammlung im Halbkreis auf, während der Pfarrer die Aussegnungsworte sprach. Sonja beobachtete Jörg Armbruster, den sie im Profil sah. Außer einer verschlossenen Miene konnte sie nichts erkennen. Was wusste er? Sonja war so in Gedanken, dass sie fast vergessen hätte, Brigitte zu umarmen und ans Grab zu einem letzten Gruß zu treten. Dann drehten sich alle um und gingen auf den Ausgang des Friedhofs zu.

Das Gebäude der Bank sah dunkel und ehrwürdig aus. Sonja war einige Male hier gewesen, das war aber schon länger her. Sie meldeten sich beim Pförtner an und wurden sofort mit den Worten „Herr Armbruster erwartet sie" weiter in das Rechenzentrum geschickt. Das war in einem schmucklosen, fensterlosen Anbau hinter dem Hauptgebäude untergebracht. Armbruster kam ihnen entgegen. „Wir haben uns auf dem Friedhof gesehen", nickte er Sonja und Robby zu. „Wir gehen am besten in mein Büro." Seine Stimme klang brüchig.

Er führte sie eine Treppe hoch und einen langen Gang entlang. Sonja konnte sich erinnern, schon einmal hier gewesen zu sein. Sie kamen an einer Tür vorbei, an der Richards Name stand. Armbruster öffnete die Tür seines Büros und ließ seine Gäste eintreten.

„Bitte nehmen Sie Platz." Er deutete auf eine Sitzgruppe.

Sonja setzte sich und musterte Armbruster. Er war ein hochgewachsener, schlaksig wirkender Mann mit fettigen Haaren und unreiner Haut, der beim Gehen die Schultern hängen ließ. Er ließ sich in einen Sessel fallen und schlug die Beine übereinander. „Was kann ich für Sie tun?, fragte er lauernd. Sonja sah kurz fragend zu Robby, dann ergriff sie das Wort.

„Ich nehme an, der Tod Ihres Chefs hat eine Lücke gerissen", sagte sie einleitend.

„Oh ja", antwortete Armbruster. „Wir wissen noch gar nicht, wie es weitergehen soll."

„Wird schon über einen Nachfolger gesprochen?"

Armbruster sah sie lauernd an. Er zögerte mit der Antwort. „Na ja, da kommen schon mehrere in Frage. Vielleicht regeln wir das intern."

„Und Sie sind vermutlich auch einer der Kandidaten?"

Armbruster drückte einen Pickel an der Nase aus. „Äh ... möglich, ja."

Sonja nahm einen Schluck Kaffee. Beiläufig sagte sie: „Da hat der Tod von Richard Tegmark ja einige Vorteile für Sie." Hinter ihrer Kaffeetasse beobachtete sie ihn sorgfältig.

Armbruster schnaubte empört. Er kratzte sich am Kopf, wobei zahlreiche Schuppen herunter rieselten. „Es ist doch noch gar nicht ausgemacht, wer der Nachfolger wird. Das entscheidet der Vorstand."

Sonja sah Robby auffordernd an. Der richtete sich in seinem Sessel auf und fragte: „Haben Sie in letzter Zeit mit Ihrem Chef telefoniert?"

Armbruster machte ein verblüfftes Gesicht. „Telefoniert?"

„Genau. Haben Sie mit ihm seit seinem Verschwinden gesprochen?"

Die Verblüffung in seinem Gesicht wich Empörung.

„Wie denn? Er war doch spurlos verschwunden!"

Sonja beschloss, aufs Ganze zu gehen.

„Herr Armbruster, auf dem Handy von Richard Tegmark sind Gespräche mit ihrem Handy in der Zeit seines Verschwindens gespeichert. Es gab also in dieser Zeit mehrere Verbindungen zwischen ihrem und seinem Handy. Können Sie das erklären?"

Armbruster schüttelte der Kopf, wobei er wieder einen Handvoll Schuppen umhersprühte. „Das … das … das kann nicht sein", stotterte er. Mein Handy ist doch verschwunden."

Sonja sah Robby mit hochgezogenen Augenbrauen an. Jetzt schwindelt er uns etwas vor, sollte das heißen.

„Herr Armbruster", sagte sie schneidend, „Sie wollen uns doch nicht weismachen, dass ausgerechnet in der Zeit von Richard Tegmarks Verschwinden Ihr Handy weg war. Und jetzt ist es wohl wieder da?"
„Eben nicht", schniefte Armbruster, „es ist immer noch verschwunden."
Sonja sah ihn scharf an. Er schien tatsächlich empört zu sein. Seine ganze Körpersprache drückte das aus.
„Wo und wann ist es denn verschwunden?"
„Weiß ich nicht", jammerte Armbruster, „es ist ja mein Privathandy. Das habe ich immer tagsüber auf meinem Schreibtisch liegen. Theoretisch kann das fast jeder mitnehmen. Ich dachte die ganze Zeit, ich hätte es irgendwo liegen lassen. Aber nach dem, was Sie mir sagen, kann das ja nicht sein."
„In der Tat, dann könnten mit diesem Handy wohl keine Gespräche geführt worden sein."
„Eben. Da sehen sie es, ich habe damit nichts zu tun." Armbruster war nahe daran, in Tränen auszubrechen.

„Tatsache ist aber, dass mit diesem Handy telefoniert wurde."
„Es muss jemand mitgenommen haben", sagte Armbruster weinerlich. „Aber ... wenn es jemand gestohlen und damit telefoniert hat, wie ist er dann an das Passwort gekommen?"
„Hatten Sie es angeschaltet, als es auf Ihrem Schreibtisch lag?"
„Ich habe mein Handy immer an." Armbruster putzte sich die Nase.
Sonja seufzte. „Nun ja, wir kommen so nicht weiter." Sie sah Robby an. Der setzte sich auf und wandte sich Armbruster zu.
„Wie war Richard Tegmark eigentlich, bevor er verschwand?"
Armbruster blinzelte verwirrt mit den Augen.
„Ich meine", fügte Robby hinzu, „ist ihnen irgendetwas aufgefallen. War Ihr Chef anders als sonst?"
„Mir ist nichts aufgefallen", antwortete Armbruster diensteifrig. „Nein, es war alles so wie immer." er unterdrückte ein Rülpsen. „Es sei denn, äh ... na ja, etwas war schon komisch."
„Was denn?", drängte ihn Sonja.

„Ein oder zwei Tage vor seinem Verschwinden sagte er etwas Merkwürdiges zu mir. Seine Augen blickten in die Ferne, als er versuchte, sich zu erinnern. „Er sagte: Wenn mir etwas passiert, suchen Sie nach Beethovens dritter Sinfonie."

Sonja massierte sich das Kinn, als sie über den Sinn der eben gehörten nachdachte. „Beethovens dritte Sinfonie", wiederholte sie nachdenklich. „Können Sie sich vorstellen, was er damit gemeint haben könnte?"

„Keine Ahnung", schniefte Armbruster. „Ich habe mir nicht viel dabei gedacht." Er schloss die Augen und sank erschöpft in sich zusammen.

Sonja und Robby sahen sich an.

„Nun gut", sagte Sonja, „fürs Erste war es das." Sie stand auf. „Wenn Ihnen noch etwas einfällt, rufen Sie uns bitte an, am besten im Labor. Die Nummer haben Sie ja."

„Mach ich", nuschelte Armbruster und geleitete seine Besucher zur Tür.

Wieder im Auto fragte Robby: „Glaubst Du ihm?"

Sonja zuckte mit den Schultern. „Ich weiß nicht. Irgendwie schon. Er ist einfach zu weich, um hinter all dem zu stehen, aber natürlich kann ich mich täuschen."

„Ich glaube auch nicht, dass er der Drahtzieher ist."

„Wir müssen herausfinden, was mit Beethovens dritter Sinfonie gemeint ist. Ein bestimmtes Konzert kann es ja wohl nicht sein, aber …" Ihr kam eine Idee. „Eine CD! Na klar, er hat eine CD versteckt, wahrscheinlich mit Daten. Wenn wir die finden, haben wir vielleicht die Lösung."

Robby war elektrisiert. „Also los! Worauf warten wir. Fahren wir zu ihm nach Hause und suchen die CD."

Als Brigitte von der CD hörte, war sie Feuer und Flamme. „Dann erfahren wir vielleicht endlich, was dahinter steckt", freute sie sich. Zu dritt durchsuchten sie Zimmer für Zimmer, das Arbeitszimmer zuerst. Es stellte sich heraus, dass Brigitte und Richard zahlreiche Klassik-CD's besaßen, darunter aber leider keine Dritte Sinfonie von Beethoven. Mutlos und abgespannt saßen sie schließlich im Wohnzimmer. Brigitte machte Tee.

Lange saßen sie wortlos, bis Sonja das Schweigen brach. „Das war ein Schlag ins Wasser", verkündete sie. „Könnte die CD in Frankfurt sein?"
„Kann sein", antwortete Brigitte ohne Überzeugung. „Man müsste mal nachsehen."
„Ich könnte meinen Vater bitten, in die Wohnung zu gehen und nach der CD zu suchen", schlug Sonja vor, „dann brauchen wir nicht dorthin zu fahren."
„Mach das", stimmte Brigitte ihr zu. „Aber was ist mit Borkum? Richard hat immer gerne Musik gehört. Die CD könnte in der Wohnung auf Borkum sein."
„Das wäre möglich", stimmte Sonja ihr zu. „Wenn sie nicht in Frankfurt ist, muss einer von uns hinfahren und das nachprüfen. Warten wir erst einmal ab, was mein Vater in der Frankfurter Wohnung findet."

26

Sonja saß im Labor an ihrem Schreibtisch und sah zum Fenster hinaus. Sie konnte sich auf ihre Arbeit, die Überprüfung eines defekten Servers, nicht konzentrieren. Vor einer halben Stunde hatte ihr Vater angerufen. Er hatte zusammen mit einem Kollegen die Frankfurter Wohnung durchsucht, jedoch keine CD mit Beethovens Dritter Sinfonie gefunden. Jetzt blieb nur noch Borkum. Wenn sie dort auch nicht zu finden ist, dachte Sonja, haben wir keine Spur mehr. Das Telefon klingelte. Sonja nahm zögernd ab. Es war Armbruster.
„Ich muss Ihnen was zeigen", tönte es atemlos aus der Muschel. „Ich glaube, ich hab' es."
„Was haben Sie?" Sonjas Müdigkeit war verflogen.
„Können Sie heute Abend zu mir kommen? Hier in der Bank möchte ich das nicht besprechen. Es ist mir einfach zu riskant."
„Ok" sagte Sonja, „wann?"
„Acht Uhr? Geht das?"
„Natürlich, wir werden da sein."
„Also dann bis acht."

Armbrusters Wohnung befand sich in einem Bürohochhaus mit einem Penthaus oben drauf. Die Haustür war unverschlossen, selbst noch um diese Zeit, wunderte sich Sonja. Ein Fahrstuhl führte sie hinauf, neben dem Knopf für den fünfzehnten Stock stand nur der Name Armbruster. Ein nobles Zuhause, staunte Sonja.

Oben angekommen standen sie der Wohnungstür gegenüber. Sonja suchte nach der Klingel, als sie bemerkte, dass die Tür lediglich angelehnt war. Dennoch klingelte sie. Nichts geschah. Sonja klingelte noch zwei Mal, dann drückte Robby die Tür vorsichtig auf. „Herr Armbruster?", rief er laut. Niemand antwortete. Zögernd und mit einem mulmigen Gefühl gingen sie in die Wohnung. Robby öffnete eine Tür. Die Küche, gut aufgeräumt, aber kein Armbruster. Sie öffneten die anderen Türen, aber Armbruster war weder im Bad, noch im Arbeitszimmer und auch nicht im Schlafzimmer. Schließlich öffnete Sonja die Tür zum Wohnzimmer und blieb wie angewurzelt stehen. Da lag Armbruster, mit seltsam abgespreizten Ar-

men und verdrehtem Kopf, in einer Blutlache. In der rechten Hand hielt er eine Pistole. Als erster fing sich Robby. Er ging in das Wohnzimmer hinein und legte zwei Finger an Armbrusters Hals.
„Und?", fragte Sonja mit belegter Stimme.
Robby schüttelte nur den Kopf. „Vorsicht", ermahnte er Sonja. „Bleib stehen, damit Du keine Spuren verwischst." Er blickte im Zimmer umher. Auf dem Tisch lag ein Blatt Papier. Robby trat näher und las den Text. „Na so was", sagte er.
„Was ist?", fragte Sonja.
„Ein Abschiedsbrief", antwortete Robby.
Sonja trat an den Tisch und blickte auf das Papier. Es war ein Computerausdruck.

Ich halte es nicht mehr aus. Ich habe Richard Tegmark umgebracht, weil ich seinen Posten wollte. Ich bereue es. Daher gehe ich freiwillig aus dem Leben. Jörg Armbruster.

Fassungslos las Sonja den Text noch einmal.

„Was für ein Unsinn", sagte sie. „Das hat er doch nicht selbst geschrieben! Er ist umgebracht worden, das ist doch klar!"
„Uns ist das klar", antwortete Robby. „Aber ob das auch der Polizei klar ist?"
„Komm, wir sehen uns um, ob etwas auf den Mörder deutet, dann rufen wir die Polizei."
Vorsichtig durchsuchten sie die Wohnung. Sonja fing mit der Küche an, Robby blieb im Wohnzimmer.
Plötzlich hörte Sonja Robby rufen. „Ich glaube, hier ist etwas."
Sonja lief ins Wohnzimmer. Robby zeigte auf einen massiven Eichenschrank hinter Armbrusters Leiche. „Sieh mal, ein Einschussloch."
Sonja sah sich das Loch aus der Nähe an. „Da steckt eine Kugel drin", sagte sie. Sie lief in die Küche, holte ein Messer und entfernte das Holz um die Kugel. „Die nehmen wir mit", verkündete sie entschlossen.
Robby wählte die Nummer der Polizei.

Wie zu erwarten war, untersuchte die Polizei den Fall nicht weiter. Der Tote hatte eine Pistole in der

Hand und es gab einen Abschiedsbrief. Die Sache war eindeutig ein Selbstmord. Als Robby und Sonja die Beamten auf offensichtliche Widersprüche hinwiesen, wurden sie freundlich ermahnt, sich nicht in polizeiliche Angelegenheiten zu mischen.
Die Untersuchung der Kugel ergab ein überraschendes Ergebnis: sie war aus der gleichen Waffe abgefeuert worden, mit der auf Michael geschossen wurde und mit der Richard ermordet wurde. Damit wurde auch erklärt, warum die Polizei bei dem Unfall auf der Autobahn keine Waffe gefunden hatte. Die Komplizen von Romanov hatten sie an der Unfallstelle an sich genommen und später jemand anderem gegeben. Aber wem? Sonja und Robby wussten immer noch nicht, wer hinter all den Geschehnissen stand.
„Wir müssen die CD finden", sagte Sonja.
Robby nickte. „Als letzte Möglichkeit bleibt nur noch die Wohnung auf Borkum."
Sonja rieb sich das Kinn. „Ich fahre hin. Frau Burmeester können wir nicht mit der Suche beauftragen, das muss schon einer von uns machen. Du kannst hier nicht weg, also fahre ich. Ich nehme

morgen die erste Fähre, dann kann ich am Nachmittag wieder zurück fahren."

27

Michael hätte das Telefongespräch am liebsten sofort beendet. Er musste zu einer Besprechung und war schon spät dran. Aber das wäre unhöflich gewesen.

„Das war eine aufregende Zeit für Sie", sagte sein Gesprächspartner.

„Das kann man wohl sagen", antwortete Michael. „Ich hoffe, dass es jetzt etwas ruhiger wird und ich mich wieder auf meine Arbeit konzentrieren kann."

„Kommt denn die Polizei voran, was den Mörder Ihres Bruders betrifft?"

„Die Polizei wohl nicht. Aber meine Mitarbeiter haben eine vielversprechende Spur."

„Ach ja?"

„Es muss eine CD geben, die uns einige Antworten geben könnte. Meine Mitarbeiterin wird morgen nach Borkum in die Wohnung meines Bruders fahren. Sie nimmt an, dass die CD dort ist. Sie hat auch Hinweise, wie sie sie finden kann. Dann wüssten wir endlich, wer hinter all dem steckt."

„Interessant. Hoffentlich ist sie erfolgreich. Ja, dann nochmals mein herzliches Beileid. Wir bleiben in Kontakt. Auf Wiederhören."
Michael legte den Hörer auf. Etwas machte ihn nachdenklich. Aber er kam nicht darauf, was es war.

Sonja hätte beinahe die Fähre verpasst, ein Stau auf der Autobahn war daran schuld. Aber sie hatte es gerade noch geschafft. Auf der Fähre sah sie sich immer wieder prüfend um. Aber sie konnte nichts Verdächtiges erkennen. Soweit sie es beurteilen konnte, war ihr niemand gefolgt.
Auf der Insel angekommen, nahm sie ein Taxi zum Knaakenpad. Das Haus sah von außen unberührt aus, die Rollläden heruntergelassen, die Tür war verschlossen. Nichts deutete darauf hin, dass jemand hier gewesen war, um sich gewaltsam Zutritt zu verschaffen.
Sonja schloss die Tür auf und machte Licht. Dann zog sie die Rollläden hoch und öffnete einige Fenster, um zu lüften.
Das Wohnzimmer sah noch so aufgeräumt aus, wie sie es verlassen hatten. Sie ließ ihren Blick über

das Bücherregal schweifen. Überall Bücher, nur neben der kleinen kompakten Stereoanlage war eine lange Reihe von CD's. Sonja hockte sich vor das Regal und überflog die Titel auf den Rücken der Hüllen. Alle Arten von Klassik, mehrere Hüllen mit Entspannungsmusik, einige mit Gitarrenmusik. Sie las die Klassiktitel sorgfältig, konnte aber Beethovens dritte Sinfonie nicht entdecken. Entmutigt wollte sie schon aufgeben, als ihr einfiel, dass Beethovens Dritte auch „Eroica" genannt wurde. Sie sah nochmal alle Titel durch, und da war sie! Sie zog die Hülle heraus: Beethovens dritte Sinfonie! Ihr Herz klopfte. Sie setzte sich in einen Sessel und drehte die CD einige Male in der Hand.

Da hörte sie eine Stimme hinter sich.

„Danke, dass Sie die Arbeit für mich erledigt haben."

Vor Schreck ließ sie die CD fallen. Hastig drehte sie sich um.

„Sie?", sagte sie voller Staunen.

„Auf mich wären Sie nicht gekommen, was?", sagte Norbert Hess. Er hielt eine Pistole in der Hand und genoss sichtlich die Situation.

Sonja fing sich wieder. Blitzschnell ging sie alle Möglichkeiten durch, sich aus dieser Situation zu befreien. Er stand etwa drei Meter entfernt und hielt die Waffe auf sie gerichtet. Sich auf ihn zu stürzen war unmöglich. Die Tür verdeckte er, das Fenster war zu weit entfernt. Sie musste erkennen, dass sie in der Falle saß.
„Was wollen Sie?", fragte sie mit belegter Stimme.
„Na was wohl, die CD natürlich. Nur sie kann mich verraten. Wenn ich sie habe, ist meine Anonymität gewahrt. Sie werden niemandem mehr etwas verraten können."
Sonja schluckte. „Sie haben vor, mich zu erschießen", sagte sie tonlos.
„Mir bleibt nichts anderes übrig. Tut mir leid, ich habe nichts gegen Sie, aber ich muss Sie zum Schweigen bringen. Für immer."
Sie sah, wie sich sein Zeigefinger krümmte und schloss die Augen. Gleich würde der Schuss fallen. Da hörte sie eine Stimme.
„Was ist denn hier los?" Frau Burmeester stand in der Tür. Hess wirbelte herum und richtete die Waffe auf sie.

Sonja erkannte sofort ihre Chance. Wenn sie an Hess herankam, hatte sie gewonnen. Körperlich war sie ihm allemal überlegen.

Sie schnellte nach vorn und trat mit dem rechten Bein nach seiner Hand. Die Waffe flog im hohen Bogen weg. Hess schrie auf. Er wollte nach ihr greifen, doch sie wich geschickt aus. Mit der flachen Hand versetzte sie ihm einen Schlag ins Gesicht. Schützend nahm er die Hände hoch, da platzierte ihm Sonja einen Boxhieb auf die Brust. Hess schnappte nach Luft und klappte zusammen. Sonja warf ihn zu Boden und drückte das Knie auf seinen Rücken.

„Holen Sie ein Seil, oder irgendetwas, womit ich ihn fesseln kann", rief sie Frau Burmeester zu.

Die musste sich einen Moment fassen, lief dann aber davon.

Sonja drückte weiter ihr Knie auf den Rücken von Hess, der sich heftig wehrte. Gegen die durchtrainierte junge Frau hatte er aber keine Chance. Schließlich gab er auf und jammerte: „lassen Sie mich los. Es soll Ihr Schaden nicht sein. Ich kann Sie reich machen. Aber lassen Sie mich los."

Sonja lachte nur. Sie musste nicht lange warten, bis Frau Burmeester zurückkam, eine Wäscheleine in der Hand.

Sonja fesselte Hess erst an den Händen, zog ihn hoch und setzte ihn auf einen Sessel. Dann fesselte sie ihm auch die Beine.

„So, Freundchen, jetzt will ich wissen, was das alles zu bedeuten hat", knurrte sie ihn an.

Hess stöhnte. „Wenn der Richard nicht so gierig gewesen wäre, wäre es doch gar nicht so weit gekommen."

Sonja sah ich ihn fragend an.

„Na, das mit dem Geld", antwortete Hess.

„Fangen Sie mal ganz von vorne an", sagte Sonja.

„Die Idee hatte Richard, nicht ich", antwortete Hess. Er schluckte, richtete sich auf, soweit seine Fesseln das zuließen und begann noch einmal.

„Es geht um Rundungsfehler beim Buchen von Fremdwährungen", erklärte er. Wenn wir einen Zahlungseingang in einer Fremdwährung haben, muss der Betrag auf Euro umgerechnet werden. Mit einem bestimmten Umrechnungskurs. Dabei entstehen Rundungen, das heißt, es muss entweder auf- oder abgerundet werden. Haben wir zum Beispiel einen Zahlungseingang in britischen Pfund, sagen wir 1000 Pfund, dann ist das je nach Kurs ein bestimmter Betrag in Euro, sagen wir 1268,356 Euro. Die dritte und alle anderen Stellen hinter dem Komma werden aber nicht gebucht. Damit nicht ein Über- oder Unterschuss bleibt, werden die Zehntel Cent der dritten Stelle hinter dem Komma für alle Zahlen bis 5 abgerundet, alle darüber aufgerundet. Das heißt, 1268,352 wird zu 1268,35, ein Betrag von 1268,357 wird zu 1268,36. Bei vielen Buchungen, und als international tätige Bank haben wir sehr viele Buchungen in Fremdwährung, gleicht sich das wieder aus. Richard hatte nun die Idee, alle Rundungen nach oben vorzunehmen, gebucht wurden sie aber alle mit Rundung nach unten. So blieben bei allen Buchungen einige Zehntel Cent übrig. Nicht viel, aber bei Millionen Buchungen pro Tag kommt da schon einiges zusammen.

Sonja begriff plötzlich, was Richard ihnen kurz vor seinem Tod noch sagen wollte. „Heiß", hatten sie verstanden, aber er meinte wohl „Hess"! Und was sie als „Zentner Sand" verstanden hatten, bedeutete „Zehntel Cent." Richard hatte ihnen den entscheidenden Hinweis gegeben, und sie hatten ihn nicht verstanden!

Hess plapperte weiter, als ginge es um sein Leben, was ja in gewisser Beziehung auch stimmte Ihm drohte eine lebenslange Freiheitsstrafe.

„ Es war klar, dass das mit den Buchungen nicht ohne den Bereichsvorstand ging, denn bei einer Prüfung wäre das sofort aufgefallen. Also schlug er mir vor, den Ertrag zu teilen. Ich hatte zu der Zeit gerade einen finanziellen Engpass, daher nahm ich an. Eine Weile ging das auch ganz gut, bis ich merkte, dass die Überweisungen auf mein Konto immer kleiner wurden. Die Geschäfte der Bank florierten aber, also musste Richard dahinter stecken. Ich stellte ihn zur Rede. Er stritt auch gar nicht ab, den Ertrag aus den Buchungen zu drei Vierteln selbst einzustreichen. Das stünde ihm zu, behauptete er, ich trüge ja kein Risiko. Ich machte ihm klar, dass ich das nicht dulden wollte, lieber würde ich seine Machenschaften beenden. Da erklärte er mir, dass ich schon viel zu tief mit drin hängen würde, und dass er gar nicht daran dächte, aufzuhören. Ich musste etwas unternehmen. Ihn einzuschüchtern würde nicht reichen, ich wusste auch gar nicht wie. Schließlich sah ich keinen anderen Ausweg mehr: Richard musste verschwinden. Ich nahm Kontakt zu dem Rumänen Romanov auf, der früher schon einmal etwas Unangenehmes für mich erledigt hatte. Er war bereit, für fünfzigtausend Euro die Sache zu erledigen. Richard muss irgendwie dahinter gekommen zu sein. Vielleicht habe ich unbedacht irgendetwas gesagt, ich weiß es nicht. Jedenfalls verschwand Richard, und Romanov verlangte plötzlich das Doppelte. Ich stimmte zu, und was folgte, wissen Sie ja." Hess schnaufte erschöpft. „Romanov hat es vermasselt. Erst der Schuss auf Michael Tegmark, dann diese Sache in der Wohnung auf Borkum. Plötzlich ging alles schief. Zum Glück wusste ich durch Telefonate mit Richards Frau und Michael Tegmark immer, was sie gerade machten. Das mit Richard hat dann ja geklappt. Aber der Unfall auf der Autobahn! Ich geriet in Panik. Als mich dann auch noch Armbruster anrief und mir mitteilte, er hätte ein verdächtiges Konto entdeckt, drehte ich durch. Ich erledigte ihn und versuchte, es nach Selbstmord aussehen zu lassen. Das hat ja auch geklappt."

Woher wussten Sie denn, dass ich heute hier nach der CD suchen würde?"
„Michael hat es mir verraten. Unfreiwillig. Ich habe mit ihm gestern telefoniert. Dann bin ich auf die Insel geflogen. Es war das letzte, was ich noch erledigen musste. Hätte ich erst einmal die CD, könnte mir keiner mehr auf die Spur kommen."
„Und das ist nun schief gegangen", sinnierte Sonja. Ein Schauer lief ihr über den Rücken.
„Wenn Frau Burmeester nicht gekommen wäre…"
„Ich wollte nur mal nachsehen, wer da im Haus ist", sagte sie. Sie schauderte. „Ich habe einen Riesenschreck bekommen, als jemand mit einer Pistole vor mir stand."
Sonja umarmte die Frau. „Sie haben mir das Leben gerettet."
Dann nahm sie ihr Handy und rief die Polizei.